Annika Thor

VORHANG AUF FÜR JOHANNA!

Annika Thor

VORHANG AUF FÜR JOHANNA!

Aus dem Schwedischen
von Birgitta Kicherer

Urachhaus

Die Originalausgabe erschien unter dem Titel
Dit ljuset inte når bei Bonnier Carlsen Bokförlag, Stockholm.

Die Übersetzung dieses Buches wurde durch die freundlich gewährte Förderung des Swedish Arts Council unterstützt.

ISBN 978-3-8251-7971-7

Erschienen 2017 im Verlag Urachhaus
www.urachhaus.com

Die Veröffentlichung in deutscher Sprache wurde mit Bonnier Rights, Stockholm, vereinbart.
Gesamtherstellung: CPI books GmbH, Leck

Erstes Kapitel

DIE FLUCHT

»Los, Johan! Klettern!«
Sie standen unter mir um den Baumstamm herum, eine eifrige Schar von etwa zehn Jungen in meinem Alter und auch älter.
»Klettern! Na, was ist?!«
Ich hatte es ein paar Meter in den Baum hinauf geschafft, von Ast zu Ast. Aber bis zu meiner Mütze, die dort oben baumelte, war es noch einmal so weit.
Der Anführer, einer der älteren Jungen, Frettchen genannt, weil er mit seiner blassen Haut, seinen weißen Augenbrauen und den rötlichen Augen an einen weißen Iltis erinnerte, hetzte mich weiter.
»Die Mütze, Johan! Willst du deine Mütze nicht holen?«
Zögernd richtete ich mich auf, griff nach dem Ast über mir und hievte mich nach oben. Gleich würde alles Gewicht an meinen Armen hängen. Ich spürte, wie die Rinde mir die Haut am Bauch aufschrammte, als mein Hemd hochglitt.
»Klettern, Johan! Traust du dich etwa nicht?«

Meine Füße ließen den Ast los, auf dem ich gestanden hatte, jetzt trugen nur noch die Arme mein ganzes Gewicht. Ich zog das eine Bein hoch und versuchte, mich mit dem Knie auf den nächsten Ast zu stützen, reichte aber nicht ganz hinauf.

»Höher! Klettern!«

Mit aller Kraft zog ich mich nach oben und hob gleichzeitig das Bein, spürte den rauen Ast an meinem bloßen Knie, verlor das Gleichgewicht und fiel kopfüber hinunter auf den Kies. Ringsum höhnisches Gelächter.

»Nicht einmal halbwegs geschafft!«

Jetzt hatten sie ihren Spaß gehabt, genau das bekommen, was sie wollten. Ich blieb auf dem Kies liegen und hörte, wie sie davonzogen. Als sie verschwunden waren, setzte ich mich auf und befühlte Arme und Gelenke. Nichts schien gebrochen zu sein, keines der Fußgelenke verstaucht. Schürfwunden an den Knien, Ellbogen und Händen, doch das war ich ja gewohnt.

Nach dem Mittagessen, bevor unsere Nachmittagsarbeit anfing, hatten wir Kinder immer eine Stunde frei, um auf dem kiesbedeckten Hof vor dem Waisenhaus zu spielen. In den Spielen der Jungen ging es stets darum, wer am schnellsten rennen, am höchsten klettern und sich als Stärkster behaupten konnte. Sie machten Ringkämpfe, im Winter seiften sie einander mit Schnee ein. Mit hölzernen Stöcken, die als Schwerter dienten, spielten sie Krieg, oder sie wetteiferten, wer sich am höchsten in den großen Baum hinauftraute. Der Baum wuchs direkt neben dem Bretterzaun, der den Hof des Waisenhauses einfasste. Von dort oben konnte man die Welt außerhalb sehen, die wir sonst nur sonntags flüchtig wahrnahmen, wenn wir in Reih und Glied zur Kirche marschierten und nach dem Gottesdienst wieder zurück.

Mir selbst wurde beim Klettern schwindelig. Ich war klein und dünn für mein Alter und wurde bei allen Ringkämpfen regelmäßig besiegt. Rennen konnte ich recht schnell, aber nicht schnell genug, um nicht von Jungen mit längeren Beinen eingeholt zu werden. Es gab viele, die mir gern einen extra kräftigen Schlag mit dem Holzstock verpassten oder den Schneeball mit Kies vermischten, der das Gesicht aufkratzte. Nasenbluten und blaue Flecken waren der Preis, den ich zu zahlen hatte, weil ich zu den auserwählten Jungen gehörte, die, statt vormittags zu arbeiten, meinten, mit ihren Schulbüchern und ihren Rechenaufgaben angeben zu können.

Meine Mütze hing immer noch im Baum. Ich war nicht derjenige, der sie dort hinaufgeworfen hatte, aber ich würde die Schuld dafür bekommen und bestraft werden, weil ich unachtsam mit dem Eigentum des Waisenhauses umgegangen war. Eine Tracht Prügel. Kein Abendessen. Alleine schlafen, und zwar in der dunklen Abstellkammer, wo die Scheuereimer und Bürsten aufbewahrt wurden.

Vielleicht sollte ich es mit einem Stein versuchen? Wenn ich genau träfe, würde die Mütze sich vom Zweig lösen und herunterfallen.

Ich musste eine Weile suchen, bis ich einen Stein fand, der die richtige Größe hatte. Ich war so in die Suche vertieft, dass ich nicht merkte, wie die anderen Kinder sich paarweise oder in Gruppen auf den Eingang zubewegten. Mit dem Stein in der Hand ging ich zum Baum zurück, stellte mich schräg darunter und versuchte den Wurfwinkel zu berechnen. Das könnte klappen.

Im selben Augenblick, als ich den Stein losschleuderte, packte mich jemand am Arm. Die Wurfrichtung wurde verfälscht, und statt in die Baumkrone zu fliegen, fiel der Stein in einem krummen Bogen über den Zaun. Ich hörte ihn dumpf auf der Straße aufschlagen.

»Was fällt dir ein, Steine zu werfen, du Lümmel!«

Vor Wut war der Lehrer rot im Gesicht. Sein Griff um meinen Arm wurde härter. Eine Ohrfeige landete brennend auf meiner Wange. Mein linkes Ohr war plötzlich wie taub.

»Ausgerechnet du! Wo du mehr im Kopf hast als der Rest der hiesigen Schlingel zusammen. Und was hast du überhaupt hier draußen verloren, die Pausenglocke hat doch schon geläutet? Du solltest jetzt im Spinnsaal sein.«

Es hatte keinen Sinn, etwas zu erklären. Der Lehrer würde mir nicht glauben, und wenn es zu den anderen

Jungen durchsickerte, dass ich gepetzt hatte, würden sie mich am nächsten Tag verprügeln.

»Ich habe die Glocke nicht gehört«, war alles, was ich herausbrachte. »Ich bitte vielmals um Entschuldigung.«

»Steine über den Zaun werfen! Wenn jemand den an den Kopf bekommen hätte!«

Der Lehrer brummte und schimpfte weiter, während er mich zum Eingang zerrte, mit unverändert hartem Griff um meinen Arm.

»Rauf mit dir! Jetzt mach, dass du davonkommst!«

Ich erhielt einen unsanften Stoß in Richtung Treppe und rannte nach oben, an dem Stockwerk vorbei, wo die Schlafsäle sich befanden, und weiter hinauf ins Dachgeschoss. Die Tür zum Spinnsaal war wie immer zu und abgeschlossen. Ich musste fest klopfen, bis die Spinnmeisterin aufmachte.

»Wo bist du gewesen? Die anderen haben schon längst mit der Arbeit angefangen!«

Zwei Stockhiebe trafen meinen Rücken. Die Schläge schmerzten, im linken Ohr hörte ich immer noch ein dumpfes Klopfen, und meine Wange fühlte sich empfindlich und geschwollen an. Ich hastete zu meinem Spinnrad, nahm einen gekardeten Wollbüschel und begann zu arbeiten. Das Garn lief durch meine Finger, während ich taktfest das Pedal trat und nicht daran zu denken versuchte, was nach dem Ende des Arbeitstages auf mich zukam. Frettchen und einer seiner Kumpane, die unmittelbar vor mir saßen, drehten sich um und grinsten boshaft, während sie mir mit Gesten und Mienen deutlich machten, was mich erwartete: noch mehr Prügel, wenn der Direktor des Waisenhauses entdeckte, dass die Mütze fehlte. Das heißt, falls ich nicht erzählte, wie alles sich abgespielt hatte, doch dann würden Frettchen und die anderen mich verprügeln, weil ich gepetzt hatte.

Als die Glocke zum Abendessen läutete, kam die Spinnmeisterin an meinen Platz und musterte das gesponnene Garn.

»Das ist ungleichmäßig«, sagte sie.

Ich selbst konnte keine Fehler am Garn erkennen, aber es lohnte sich nicht zu widersprechen.

»Erst kommst du zu spät, und dann arbeitest du auch noch schlampig. So was können wir nicht dulden. Dieses Garn hier muss noch einmal gezwirbelt werden, und das hier auch.«

»Das mache ich morgen«, flüsterte ich.

»Morgen? Oh nein, mein Lieber, das machst du jetzt. Du bleibst hier und arbeitest, bis es dunkel wird. Dann kannst du auf einem der Wollsäcke schlafen, ich habe nämlich anderes zu tun, als herzukommen und dich herauszulassen.«

Nachdem die anderen Kinder mit ihren Holzschuhen die Treppe hinuntergepoltert waren, lag der Spinnsaal einsam und verlassen da. Das Licht des Frühlingsabends genügte, um arbeiten zu können, aber in den

Ecken lauerten dunkle Schatten. Die Spinnmeisterin hatte die Tür abgeschlossen, vor dem nächsten Morgen würde mich niemand herauslassen. So blieb mir wenigstens erspart, an diesem Tag noch mehr Prügel einstecken zu müssen.

Ich arbeitete, solange es hell genug war. Im Takt mit dem surrenden Spinnrad und dem Treten des Fußes dachte ich immer wieder nur das eine:

Ich muss fort. Fort von hier. Muss fort. Fort von hier. Fort, fort von hier!

An die Zeit vor dem Waisenhaus konnte ich mich nicht erinnern. Ich war ja noch so klein gewesen, kaum zwei Jahre alt, als ich dorthin kam. Als der Waisenhausdirektor den kleinen Jungen damals nach seinem Namen gefragt hatte, konnte der Junge nicht antworten. Vielleicht hatte er seinen Namen vergessen, oder er hatte nie gewusst, dass er einen Namen hatte. Die unbekannte Person, die das Kind in einer Oktobernacht vor dem Tor zurückgelassen hatte, gab sich nicht zu erkennen und hatte sich nicht einmal die Mühe gemacht, einen Zettel mit dem Namen des Kindes an das schmutzige Jäckchen zu heften. Ins Register wurde ich als Johan Herbst eingetragen, nach der Jahreszeit, in der ich angekommen war.

Zehn Jahre später war ich elf Jahre alt, bald zwölf, eines von ungefähr hundert blassen, ewig verschnupften Waisenhauskindern in abgetragenen graubraunen Kitteln und klappernden Holzschuhen.
Wenn ich morgens in dem Bett aufwachte, das ich mit einem anderen Jungen teilte, und mich in dem großen Schlafsaal umsah, war es manchmal, als hätte ich vergessen, wer ich war. Ich hätte irgendeiner von all diesen Jungen sein können, die ihre Füße widerwillig auf den kalten Fußboden stellten und anfingen, Hosen, Hemden und Kittel anzuziehen.
Mit unseren kurz geschorenen Haaren sahen wir alle gleich aus, ein Fremder hätte uns kaum voneinander unterscheiden können.
Die Haare wurden so kurz geschoren, um den Läusen leichter beizukommen, die Mädchen dagegen durften ihre langen Haare behalten, allerdings streng gescheitelt und geflochten. Durch die dünne Bretterwand, die den Schlafsaal der Jungen von dem der Mädchen trennte, war immer wieder Schluchzen und Geschrei zu hören, wenn die älteren Mädchen die Haare der Jüngeren unsanft auskämmten und beim Flechten so straff anzogen, dass Stirn- und Nackenhaut schmerzten.
Wenigstens diese Plage blieb uns, mir und den anderen Jungen, erspart. Wir wuschen nur hastig Gesicht und Hals mit dem eiskalten Waschwasser. Dann strömten wir aus dem Saal zur Treppe, wo der graue Fluss aus

dem Saal der Jungen sich mit dem ebenso grauen Fluss aus dem Saal der Mädchen vermischte.

Verfroren, hungrig und müde drängten wir Kinder uns in den Bänken, um der Morgenandacht zu lauschen. Danach bekamen wir endlich einen Schöpflöffel Grütze und ein Stück Brot, bevor es Zeit für die Schule oder die Arbeit war. Die Jungen, denen das Lernen leichtzufallen schien, erhielten von den Lehrern des Waisenhauses Unterricht, während die anderen Kinder verschiedene Aufgaben im Haus und im Freien verrichteten. Ich war einer der Glücklichen, die lesen, schreiben und rechnen lernen durften. Dass Mädchen etwas anderes als kochen, waschen und nähen lernen könnten, war vollkommen unvorstellbar.

Als ich im Lesebuch die Beschreibungen von Städten, Dörfern, Ebenen und Wäldern las, begriff ich, dass es eine Welt außerhalb des Waisenhauses gab, eine Welt, die ich noch nicht kannte, aber die ich eines Tages kennenlernen würde. Nachmittags dagegen, wenn ich und die anderen älteren Jungen in der Spinnerei saßen und uns mit der Wolle abmühten, die zu Garn gesponnen werden sollte, sagte ich mir, dass ich nie von dort wegkommen würde. Oder wenn, dann nur, um an einem ähnlichen Ort wieder zum Arbeiten eingesperrt und, falls ich nicht fleißig genug wäre, geschlagen zu werden. Das Waisenhaus war meine Welt, es gab kein Davor, kein Danach und kein Anderswo.

Ich schlief unruhig, obwohl der Wollsack, auf dem ich mich zusammengerollt hatte, weicher war als mein Bett unten im Schlafsaal und ich einen leeren Sack gefunden hatte, mit dem ich mich zudecken und gegen die nächtliche Kälte schützen konnte. In den Winkeln des Dachbodens bewegten sich seltsame Schatten, die Holzdielen knarrten, obwohl niemand sie betrat, draußen stieß eine Eule ihren unheimlichen Ruf aus. Die Einsamkeit ängstigte mich, ich war es ja gewohnt, den warmen Körper eines anderen neben mir zu spüren und ringsum die Geräusche vieler schlafender Jungen zu hören. Immer wieder wachte ich mit einem Ruck auf und musste mir in Erinnerung rufen, wo ich mich befand. Und jedes Mal, wenn ich aufwachte, war der Gedanke da: Fort, fort von hier!

Im Laufe der Jahre, die ich im Waisenhaus verbracht hatte, war es natürlich manchmal vorgekommen, dass Jungen ausgerissen waren, ein seltenes Mal auch eines der älteren Mädchen. Beinahe alle waren innerhalb weniger Tage oder Wochen wieder da gewesen, zurückgeschleppt von einem der grau gekleideten Ordnungshüter der Stadt. Die Bestrafung war hart genug ausgefallen, um die meisten von ihnen davon abzuhalten, es noch einmal zu versuchen, aber ich erinnerte mich an einen Jungen, der drei Fluchtversuche gemacht und es schließlich geschafft hatte. Und das eine Mädchen, das ausgerissen war, von dem hatten wir nie wieder etwas gesehen.

War es vielleicht für Mädchen einfacher, unentdeckt zu bleiben? Waren Jungen aus dem Waisenhaus leichter zu erkennen, und das nicht nur wegen der geschorenen Haare?

Und was wäre, wenn der Direktor bei der Polizei anzeigte, ein Junge sei ausgerissen, es dann aber gar keinen Jungen gäbe, den man finden konnte? Was dann?

Es dauerte ein paar Tage, bis ich alles geplant hatte. So vieles musste bedacht werden. Die Kleider. Die Haare. Genügend Proviant für die ersten Tage, damit ich nicht betteln musste und dadurch Aufmerksamkeit auf mich lenkte.

Als Verkleidung brauchte ich einen Rock, eine Mädchenbluse und – das Wichtigste von allem – ein Kopftuch, das ich mir um den Kopf binden konnte, um meinen kahlen Schädel zu verbergen. Sollte jemand dennoch bemerken, dass ich keine Haare hatte, würde ich sagen, ich hätte ein schlimmes Fieber gehabt, und dabei seien mir die Haare ausgefallen.

Am einfachsten wäre es natürlich gewesen, kurz bevor ich mich davonmachte nachts in den Schlafsaal der Mädchen zu schleichen und die Kleidungsstücke, die ich brauchte, zu stehlen. Aber wenn ich einem der Mädchen die Kleider wegnähme, würde das am nächsten Morgen entdeckt werden, gleichzeitig mit meiner Flucht. Dann könnte der Waisenhausdirektor eins und eins zusammenzählen und sich denken, dass der Ausreißer als Mädchen verkleidet war, und in dem Fall hätte die Verkleidung überhaupt keinen Sinn gehabt.

Ich musste mich gedulden, bis es Zeit für die große Wäsche war. Das kam nicht oft vor, ein Mal im Monat vielleicht oder noch seltener. Aber dem Gestank meiner eigenen Kleider nach zu urteilen, müsste es bald so weit sein.

Die Wäsche war Aufgabe der großen Mädchen, überwacht wurden sie dabei von einer der Frauen, die im Waisenhaus arbeiteten. Die Kleider, die groben Leintücher und Handtücher wurden in der Waschküche, einem Schuppen in einer Ecke des Hofes, mit Lauge gekocht, danach wurden die Sachen in großen Bottichen vor dem Schuppen mit kaltem Wasser ausgespült und an Leinen aufgehängt, welche die Mädchen zwischen Pfosten aufspannten. Das hatte ich schon oft beobachtet, und ich wusste, dass die Wäsche zum Trocknen meist über Nacht hängen bleiben durfte.

»Ist jetzt bald wieder große Wäsche?«, fragte ich eines der Mädchen, das nach dem Abendessen den Tisch abräumte.

»Was geht dich das an?«, versetzte sie ärgerlich.

Doch dann schien sie ihre Patzigkeit zu bereuen und sagte:

»Übermorgen, wenn du es unbedingt wissen musst.«

Also hatte ich nur zwei Tage Zeit, um Brot zu horten. Morgens ein kleines Stück und abends eins. Zu dumm, dass ich das Brotstück, das es zum Abendessen gegeben hatte, schon aufgegessen hatte. Jetzt mussten vier Stück Brot genügen. Mehr als ein Stück pro Tag brauchte ich nicht, und innerhalb von vier Tagen wäre ich schon weit weg.

Meine eigenen Jungenkleider würde ich mitnehmen, und wenn ich die Stadt, in der das Waisenhaus lag, weit genug hinter mir gelassen hätte, würde ich Kittel und Hose anziehen und wieder ein Junge werden. Irgendeine Art von Arbeit würde ich wohl finden, auf einem Bauernhof oder bei einem Handwerker, der einen Gehilfen brauchte. Oder in einer Wollspinnerei, denn spinnen konnte ich ja bereits.

Das würde schon irgendwie klappen. Oder nicht? Schlimmer als im Waisenhaus könnte ich es ohnehin nicht treffen, sagte ich mir. Und jetzt hatte ich mich jedenfalls entschieden.

Im Schulsaal sah ich durchs Fenster, wie die Mädchen jeweils zu zweit die schweren Körbe mit dampfender, nasser Wäsche zu den Spülbottichen vor der Waschküche hinaustrugen. Diese letzten Tage hatte ich die Mädchen beobachtet – wie sie sich bewegten, wie sie die Röcke anhoben, um über ein Hindernis zu steigen, wie sie ihre Kopftücher unterm Kinn oder im Nacken

zubanden. All das musste ich wissen, um meine Rolle spielen zu können, ohne mich zu verraten.
Es war ein sonniger Vormittag. Hoffentlich bedeutete das nicht, dass die Wäsche im Laufe des Tages trocknen und bereits am Abend abgehängt würde. Mein Plan baute ja darauf, dass sie über Nacht hängen blieb.
Aber als ich das nächste Mal hinaussah und beobachtete, wie die Mädchen Blusen, Hemden und Röcke aufhängten, war der Himmel bedeckt, und es fielen sogar ein paar Regentropfen. Das beruhigte mich.
Ich hatte angenommen, ich würde an diesem Tag, der, wenn alles gutging, mein letzter im Waisenhaus werden sollte, vor Aufregung am ganzen Leib zittern. Doch stattdessen schien sich jetzt, kurz bevor ich meinen Beschluss ausführen würde, die Angst aufzulösen, die ich bisher empfunden hatte. Als hätte ich alle Ängste verbraucht, indem ich den Fluchtverlauf immer wieder in der Fantasie durchgegangen war, sodass ich jetzt meinen Plan Schritt für Schritt würde ausführen können, ohne mir irgendwelche Sorgen zu machen.
Der Tag verging, als wäre er einer der vielen Werktage in meinem Waisenhausdasein. Vormittags Schule, dann Mittagessen und die Spielstunde auf dem Hof, am Nachmittag die langweilige Arbeit am Spinnrad, danach das Abendessen, bei dem ich ein letztes Stück Brot in der Hosentasche verschwinden ließ, und das Abendgebet mit einer Lesung aus der Bibel.

Schließlich war endlich Schlafenszeit. Ich kroch ins Bett, wo ich Kopf an Fuß neben meinem Schlafgefährten lag, zog die zerschlissene Decke über mich, schloss die Augen und stellte mich schlafend. Ich würde mindestens eine Stunde warten müssen, bis alle anderen sicher eingeschlafen wären, und hatte vor allem befürchtet, selbst auch einzuschlafen. Aber als ich jetzt so im Bett dalag, war ich hellwach. Ich spürte meinen Herzschlag, und meine Muskeln zuckten, als befände sich mein Körper bereits auf der Flucht und nur mein Wille hielte mich noch im Bett zurück.

Jetzt, Ende des Frühjahrs, wurde es draußen nicht einmal spätabends richtig dunkel. Das war einerseits gut, andererseits aber auch schlecht. Gut, weil es mir schwergefallen wäre, mein Vorhaben in völliger Dunkelheit auszuführen. Schlecht, weil die Gefahr bestand, dass der Direktor, dessen Wohnung auf die eine Giebelseite hinausging, oder eine der angestellten Frauen, die in den Zimmern neben der Küche wohnten, mich draußen auf dem Hof sehen könnten.

Doch warum hätten sie das tun sollen? Inzwischen schliefen sie bestimmt auch wie alle anderen.

Als sämtliche Geräusche bis auf das Seufzen und Schnaufen der Schläfer im Schlafsaal verstummt waren, schlüpfte ich aus dem Bett und schlich mich davon. Die Bodendielen knarrten, aber niemand richtete sich auf, um festzustellen, wer da unterwegs war. Nachts musste ja meistens jemand irgendwann aufstehen – der Pinkeleimer, der in der Ecke stand, war morgens fast immer voll.

Raus zur Tür, die Treppe runter. Meine Hosen, das Hemd und den Kittel hielt ich in der einen Hand, die Holzschuhe in der anderen. Vor der Eingangstür blieb ich stehen, klinkte sie auf und schlich ins Freie.

Der Kies auf dem Hof schmerzte unter meinen bloßen Füßen, aber ich traute mich nicht, die Holzschuhe anzuziehen. Obwohl ich mich so vorsichtig wie möglich bewegte, knirschten die Steinchen trotzdem bei jedem Schritt. Endlich war ich bei den Wäscheleinen angelangt. Ich wählte einen Rock und eine Bluse aus, die groß genug zu sein schienen. Ein ausgeblichenes Kopftuch, und dann noch ein zerschlissenes Leintuch, das ich als Bündel verwenden wollte.

Jetzt wartete die größte Schwierigkeit auf mich: aus dem Hof herauszukommen, der ja von einem hohen Bretterzaun eingefasst war. An den glatten Brettern hochzuklettern war unmöglich, und das Tor war wie immer abgesperrt und nachts noch durch ein großes Vorhängeschloss gesichert. Es gab nur einen einzigen Weg nach draußen: rauf auf den Kletterbaum, und von dort mit einem Sprung hinüber auf die andere Seite des Zauns.

Ich zog die Bluse an und band mir das Kopftuch um den Kopf, wie ich es den Mädchen abgeschaut hatte. Den

Rock legte ich mit meinen eigenen Kleidern in das Bündel. Es war schwierig genug, mit Hosen in den Baum hinaufzuklettern; mit dem weiten Rock um die Beine wäre es unmöglich gewesen.

Als ich unter dem Baum stand und nach oben schaute, verließ mich der Mut. Wie sollte ich, der ich bisher nie weiter als bis zu den untersten Ästen gelangt war, es schaffen, hoch genug zu klettern, um über den Zaun zu gelangen, obendrein mit einem Bündel belastet? Ganz oben baumelte immer noch meine Mütze als Erinnerung an mein Unvermögen.

Ich hängte mir das Bündel wie einen Rucksack um und verknotete die Stoffenden fest über der Brust. Ein paar Sekunden lang sah ich die Holzschuhe unentschlossen an, dann beschloss ich, sie zurückzulassen. Es war ja beinahe Sommer, ich würde ohne Schuhe zurechtkommen. Übrigens würden die groben Holzschuhe mich vielleicht als ein Kind aus dem Waisenhaus kenntlich machen, ich wusste ja nicht, ob andere Kinder auch diese Art Fußbekleidung trugen.

Die ersten Äste gingen gut. Jetzt war ich genauso hoch oben wie damals, als ich nach meiner Mütze hinaufgeklettert war. Es war der nächste Ast, der mich zu Fall gebracht hatte.

Ich durfte nicht fallen, nicht jetzt, nicht auf diese Seite des Zauns.

Im selben Augenblick, als ich mich aufrichtete und nach

dem Ast griff, hörte ich oben im Baumwipfel einen Kuckuck rufen. Es war, als wollte er mir Mut machen. »Komm, komm, und flieg davon, so wie ich!«
Kurz entschlossen zog ich mich auf den Ast hinauf und fand ein gutes Stück über dem Zaun Halt für die Füße. »Komm, komm«, rief der Kuckuck, dann flog er in die Richtung davon, wo der Himmel noch am hellsten war. *Kuckuck im Westen lenkt alles zum Besten*, dachte ich, schloss die Augen und sprang.

Zweites Kapitel

DER ENGEL

Die schmale Gasse vor dem Waisenhaus war nicht gepflastert, daher landete ich ziemlich weich, ohne mich zu verletzen. Rasch sah ich mich um: kein Mensch in Sichtweite. Das Waisenhaus lag an einer Nebenstraße am Rande der Stadt, wo kaum jemand spätabends etwas zu erledigen hatte.

Ich löste das Bündel vom Rücken, holte den Rock heraus und streifte ihn mir über. Es war ein eigenartiges Gefühl, statt einer Hose, die den Bewegungen der Beine folgte, den losen Stoff um die Waden flattern zu haben. Ob ich mich im Laufe der wenigen Tage, in denen ich den Rock als Verkleidung verwenden wollte, wohl daran gewöhnen würde?

Mit dem Bündel in der Hand begann ich in Richtung Kirche zu gehen, nicht, weil ich einen bestimmten Plan hatte, sondern weil es mir sicherer erschien, einem Weg zu folgen, der mir vertraut war. Die einzigen Lebewesen, die ich sah, waren ein schmutziger Hund, der nach Futter zu suchen schien, und eine dicke Ratte, die unmittelbar vor meinen Füßen über die Straße huschte. Hinter der Kirche nahm die Bebauung zu. Kleine, schiefe Häuser standen dicht zusammen, als würden sie sich stützend aneinanderlehnen. Ab und zu hörte ich jetzt Stimmen, Rufe und Gelächter, aber es dauerte noch etwas, bevor ich die ersten Menschen sah: drei Männer, die an einer Straßenecke standen und abwechselnd aus einer Flasche tranken, die sie herumreichten.

Ich sah sie, bevor sie mich erblickt hatten. Zuerst wollte ich einen Umweg machen, um ihnen auszuweichen, doch dann sagte ich mir, früher oder später würde ich ohnehin meine Rolle als Mädchen spielen müssen, und da könnten diese drei Männer genauso gut meine ersten Gegenspieler werden.

»Hallo, Kleine!«, rief der Größte und Kräftigste der drei, als ich näher gekommen war. »Komm her, dann kriegst du einen Schluck und obendrein ein bisschen Spaß!«

Der Große streckte die Hand aus, packte mich am Arm und zog mich an sich. Ich stemmte mich dagegen, konnte mich aber nicht aus seinem Griff befreien. Mit der einen Hand hielt der Mann mich an sich gepresst, mit der anderen bog er meinen Kopf nach hinten, damit mein Gesicht nach oben gewandt wurde. Ein großer, nach Branntwein stinkender Mund näherte sich meinen Lippen, die ich so fest zukniff, wie es nur ging, während ich gleichzeitig aus Leibeskräften zappelte, um mich zu befreien.

»Lass sie in Ruhe«, sagte einer der anderen. »Ist doch nur ein Kind, siehst du das denn nicht?«
Der Mann, der mich festhielt, zog seinen Kopf zurück, musterte mich und schnaubte. Dann ließ er mich los und wischte sich mit dem Handrücken den Mund ab.
»An der ist nicht viel dran, womit man sich amüsieren könnte«, lachte der Dritte.
»Lauf heim zu deiner Mutter«, sagte derjenige, der mich Kind genannt hatte. »Kleine Mädchen wie du sollten so spät abends nicht alleine unterwegs sein. Das kann übel ausgehen, begreifst du das denn nicht?«
Ich antwortete nicht, sondern lief nur schnell an ihnen vorbei. Hinter mir hörte ich den ersten Mann rufen: »Aber komm zurück, wenn du ein bisschen größer geworden bist! Dann zeig ich dir ein paar Spielchen, die nicht für kleine Kinder gedacht sind.«
Ich hatte mir vorgestellt, die Mädchenkleider würden mich unsichtbar machen, doch stattdessen schienen sie mich in eine Beute zu verwandeln, eine Beute für Leute, die stärker waren als ich. War es ein Fehler gewesen, mich als Mädchen zu verkleiden? Sollte ich mich lieber in irgendeinem Winkel verstecken und wieder ein Junge werden?
Aber bald, wenn der Morgen anbrach, würde man im Waisenhaus entdecken, dass ich verschwunden war. Dann würde der Direktor die Flucht anzeigen, und die Stadtwache würde anfangen, nach einem kurz gescho-

renen Jungen in graubraunen Kleidern zu suchen. Jetzt war es zu spät, zu dunkel und zu gefährlich, mich auf die Landstraße hinauszubegeben. Ich musste irgendwo einen Unterschlupf für die Nacht finden, als Mädchen gekleidet, aber dennoch in Sicherheit vor betrunkenen und bedrohlichen Männern.

Ich war so in meine Gedanken vertieft, dass ich die beiden grau uniformierten Wächter erst sah, als sie nur ein paar Meter von mir entfernt waren. Mein Herz schlug wie wild vor Angst. Es war zu spät, um in eine der Seitengassen zu schlüpfen, das würde nur ihr Misstrauen wecken. Darum zwang ich mich, geradeaus weiterzugehen und nur so weit zur Seite auszuweichen, als nötig war, um sie an mir vorbeizulassen. Die Wächter unterhielten sich angeregt und schienen keine Notiz von mir zu nehmen: Ich war nur eine von vielen, ein unscheinbares Mädchen mit kariertem Kopftuch.

Die Häuser an den Straßen, die ich entlangging, wurden nach und nach größer, manche waren sogar aus Stein und Ziegeln gebaut statt aus Holz. In einigen der Häuser gab es Läden mit Ladenschildern: Vor dem Bäcker hing eine Brezel, vor dem Schuster ein Stiefel, ein Kamm, der quer über einem Rasiermesser lag, hing vor dem Barbier. In anderen Häusern standen die Türen offen und gaben den Blick frei auf erleuchtete Räume voller Menschen, die beim Essen saßen und aus Krügen und Humpen tranken.

Das hier ist die Welt, dachte ich. Sie war groß und verwirrend, aber ich würde sie kennenlernen und ein Teil von ihr werden.

Schließlich kam ich zu einem Platz, wo ein besonders großes Gebäude die anderen überragte. An seiner Fassade hingen Laternen, die es mit festlichem Schein beleuchteten. Soeben strömten viele Menschen aus dem Gebäude, einige davon so vornehm gekleidet, wie ich es noch nie gesehen hatte. Die Kleider der Damen waren aus glänzenden Stoffen in sämtlichen Farben des Regenbogens. Anstelle von Kopftüchern trugen sie Hüte mit breiten Krempen, unterm Kinn mit großen Schleifen zugebunden. Die elegant gekleideten Herren hatten hohe Hüte auf dem Kopf. Diese Menschen mussten sehr reich sein, dachte ich. Nach ihnen kamen Leute in schlichterer Kleidung. Alle wirkten angeregt und munter und unterhielten sich eifrig.

Ich war es nicht gewohnt, auf eigene Faust draußen unterwegs zu sein, und stieß in dem Gedränge immer wieder gegen vorbeihastende Personen. Was war das wohl für ein Haus, wo sich so viele versammelt hatten?, überlegte ich. Die Neugier ließ mich vergessen, dass ich so wenig wie möglich hatte auffallen wollen, um keine Aufmerksamkeit auf mich zu lenken. Vorsichtig näherte

ich mich einer Frau, die freundlich aussah und nicht zu den kostbar Gekleideten gehörte.
»Was für ein Haus ist das hier?«, fragte ich.
Die Frau sah mich erstaunt an.
»Weißt du das nicht? Das ist doch das Spektakel-Haus.«
Diese Antwort machte mich nicht klüger. Wahrscheinlich war mir anzusehen, dass ich nichts begriff, sie fügte nämlich hinzu:
»Das Theater natürlich! Hier wird allerdings nicht nur Theater gespielt, hier treten auch Akrobaten, Zauberkünstler und Seiltänzer auf. Aber heute Abend hat die Truppe Ljungberg ein Stück aufgeführt, so etwas Trauriges hab ich meiner Lebtag nicht gesehen!«
Mir drehte sich der Kopf. Die Frau und all die übrigen Leute hatten etwas Trauriges gesehen, und dennoch waren sie fröhlich und guter Dinge. Wie war das möglich? Ich wollte noch weiterfragen, doch die Frau kam mir zuvor:
»Was bist du denn für eine? Kennst nicht mal das Spektakel-Haus? Wo kommst du her?«
Das war eine Frage, der ich am liebsten ausweichen wollte, aber ich hatte mir schon eine Antwort überlegt:
»Von einem Dorf im Norden. Bin gerade erst in die Stadt gekommen.«
»Alleine? Wo sind deine Eltern?«
»Die sind tot«, sagte ich. »Alle meine Geschwister auch. Sind am Fieber gestorben.«

»Am Fieber?«
Sie sah beunruhigt aus.
»Was denn für ein Fieber?«
»Ich weiß nicht, wie man es nennt«, sagte ich. »Ich hab es auch gehabt, bin aber wieder gesund geworden. Hab nur alle Haare verloren.«
Das alles hätte ich der Frau gar nicht erzählen müssen, aber ich hielt es für eine gute Gelegenheit, die Geschichte auszuprobieren, die ich mir ausgedacht hatte, und festzustellen, ob man mir Glauben schenkte. Das schien der Fall zu sein, und die Erwähnung des Fiebers hatte die Frau wohl so erschreckt, dass sie nichts mehr sagte, sondern davoneilte.
Ich blieb stehen, während die Menschenmenge auf dem Platz sich verlief. Auf der anderen Seite des Platzes sah ich zwei Männer in grauen Uniformen näher kommen. Schon wieder die Wächter! Hatte man sie schon über meine Flucht verständigt? Schnell schlüpfte ich um die Ecke des großen Gebäudes, das die Frau als Spektakel-Haus bezeichnet hatte.
Dahinter lag ein kleiner Garten mit Blumenbeeten und lauschigen Büschen, die in der schwachen Beleuchtung eher schwarz als grün aussahen. Aus zwei Fenstern drang Licht. Ich schlich näher hin. Vielleicht würde ich sogar einen Blick auf eins der vielen Wunderwerke werfen können, die dort drinnen stattfanden.
Die Fenster saßen tief genug, damit selbst ein so klei-

ner Junge wie ich hineinschauen konnte, wenn er sich streckte. Halb in den Büschen unterhalb der Fenster versteckt, stellte ich mich auf die Zehenspitzen und spähte in ein Zimmer, das von einer einzigen Öllampe auf einem länglichen Tisch erhellt wurde. Vor dem Tisch sah ich den Rücken einer sitzenden Frau, die soeben ihre hochgesteckten Haare löste. Behutsam lockerte sie Zierkämme und ins Haar gesteckte Federn und legte sie vor sich auf den Tisch. Sie hatte ein eng anliegendes Kleidungsstück an, das oben mit Spitzen abschloss. Ihre Schultern waren nackt.

Seltsamerweise saß ihr gegenüber an einem ähnlichen Tisch auch eine Frau, die ihr Haar löste. Diese andere Frau war genau gleich gekleidet und, was noch erstaunlicher war, führte genau gleichzeitig genau die gleichen Bewegungen aus wie die erste. Aber weil sie dem Fenster zugewandt saß, konnte ich ihr Gesicht erkennen, und das war das Schönste, was ich je gesehen hatte. Die Frau erinnerte an einen Engel – vielleicht war sie wirklich einer.

War dann die Erste, die mir den Rücken zuwandte, auch ein Engel? Ich sah keine Flügel, aber vielleicht waren die etwas weiter unten an den Schulterblättern befestigt, wo ich nicht hinschauen konnte.

Mit den Händen am Fensterblech zog ich mich hoch, um mehr zu sehen. Ganz kurz konnte ich einen Blick auf einen golden schimmernden Rock werfen, doch dann wandte sich die Frau, die dem Fenster am nächsten saß, rasch um, erhob sich halb und erblickte mich. Aber die mit dem Engelsgesicht drehte sich gleichzeitig um und wandte mir jetzt den Rücken zu. Da erst begriff ich, was ich gesehen hatte: nicht zwei Frauen, sondern eine einzige – und deren Spiegelbild.

Spiegel gab es im Waisenhaus keine. Wozu auch? Wir Kinder brauchten uns nur gegenseitig anzuschauen, um zu wissen, wie wir alle aussahen: blasse, ungesunde Haut, kurz geschorenes oder straff geflochtenes Haar. Die gleiche Kleidung, die gleichen mürrischen Mienen. Nur ein seltenes Mal, wenn die Sonnenstrahlen gerade günstig fielen, hatte sich mein eigenes Gesicht in einer Fensterscheibe oder in einer Wasserpfütze gespiegelt.

Inzwischen stand die junge Frau schon am Fenster und löste den Fensterhaken, um es zu öffnen. Ich hätte es noch geschafft, mich in den Büschen zu verstecken oder davonzurennen, aber ich konnte mich nicht dazu überwinden. Ich trat nur ein paar Schritte zurück, um nicht im Weg zu stehen, wenn das Fenster aufging.

»Wer bist du denn?«

Auch ihre Stimme klang wie die eines Engels, klar und weich. Mit einer solchen Stimme hatte mich noch nie jemand angesprochen, jedenfalls nicht, soweit ich mich erinnern konnte.

»Ich … ich …«

Ich stotterte, fand keine Worte.

»Wolltest du mich sehen? Wolltest du wissen, wie ich ausschaue, wenn ich nicht auf der Bühne stehe?«

Ich nickte, obwohl es sich nicht ganz so verhielt. Sie beugte sich aus dem Fenster, auf ihre bloßen Ellbogen gestützt.

»So sehe ich jetzt gerade aus, solange ich noch Angelique bin. Wenn ich die Schminke abgewaschen habe und wieder meine eigenen Kleider trage, bin ich Anna-Maria. Dann würdest du mich kaum wiedererkennen.«

Sie lachte. Ich begriff nicht, wovon sie sprach. War sie etwa auch verkleidet, so wie ich?

»Angelique«, wiederholte ich. Einen solchen Namen hatte ich noch nie gehört.

»Das ist mein Künstlername«, erklärte sie vergnügt. »Anna-Maria, für eine Schauspielerin taugt das nicht, das klingt eher nach einem Bauernmädel oder einer Bürgersfrau. Ich verstehe nicht, warum meine Eltern, die das Theater so lieben, mir einen so alltäglichen Namen gegeben haben.«

»Angelique ist schöner«, traute ich mich zu sagen.

»Weißt du, was das bedeutet? ›Die Engelhafte‹. Findest du, dass ich wie ein Engel aussehe?«

»Ja«, flüsterte ich. »Darum hab ich … Also, ich wollte sehen, ob du Flügel hast.«

Sie lachte schallend.

»Ob ich Flügel habe? Du bist mir eine lustige kleine Person. Wie heißt du selbst denn?«

Fast hätte ich meinen eigenen Namen gesagt. Wie hatte ich vergessen können, mir einen Namen für das Mädchen, das ich darstellen sollte, auszudenken? Ich antwortete mit dem einzigen, der mir in der Eile einfiel:
»Johanna.«
»Weißt du was, Johanna«, sagte Angelique, oder Anna-Maria. »Wenn du willst, darfst du hereinkommen und mir dabei behilflich sein, das Korsett aufzuschnüren. Dann kannst du dich selbst vergewissern, ob sich darunter irgendwelche Flügel befinden. Wer weiß, vielleicht stopfe ich sie ja hinein und schnüre dann so fest zu, dass sie nicht mehr zu sehen sind? Dieses Korsett schafft es, einfach alles so zusammenzudrücken, dass es platt wird.«
Ich wusste nicht einmal, was ein Korsett war, vermutete aber, dass es das fest zugeschnürte Mieder war, das aus dem Rock der Frau herausschaute.
»Geh nach rechts um die Ecke«, sagte sie. »Dort ist eine Hintertür. Ich komme hin und lasse dich rein.«

Angelique hatte sich ein Tuch über die Schultern geworfen und hielt die Öllampe in der Hand, als sie mich in einen engen Vorraum einließ, von dem zwei Türen abgingen. Sie sagte nichts, lächelte nur aufmunternd und ging dann zu einer der Türen.

Hinter der Tür lag das Zimmer, das ich durch das Fenster gesehen hatte. Direkt dem Fenster gegenüber hing der Spiegel mit dem Goldrahmen über einer länglichen Tischplatte, die mit vielen Kleinigkeiten übersät war: Haarschmuck, Broschen, Ringe und Halsketten, Döschen und Fläschchen, deren Inhalt ich nicht erraten konnte. Am Tisch stand ein Stuhl und in einer Ecke des Zimmers ein Sessel. Verschiedenfarbige Kleidungsstücke lagen im Sessel und über der Stuhllehne. An einer Stange hingen Kleiderbügel mit Kleidern aus schimmernden Stoffen. Ich hatte noch nie so viel Farbe und Schönheit gesehen und noch nie einen so herrlichen Duft wahrgenommen wie hier: Es roch wie Flieder und Vogelkirschenblüte gleichzeitig, nur stärker.

»Wohnen Sie hier, Fräulein Angelique?«, brachte ich heraus.

Sie schloss die Tür hinter uns und musste wieder lachen.

»Wohnen? Nein, das hier ist die Damengarderobe«, sagte sie. »Das Zimmer, in dem ich mich in eine andere verwandle. Übrigens sollst du mich nicht Fräulein nennen. Ich bin keine feine Dame, nur eine einfache Schauspielerin. Sag du zu mir und Anna-Maria!«

»Darf ich Angelique sagen?«

»Wenn du das schöner findest, von mir aus. Aber hilf mir jetzt mit dem Korsett, es ist so ermüdend, nicht atmen zu können.«

Sie zeigte mir, wie man die Schnürung des steifen Mieders lockerte, und als ich es am Rücken aufschnürte, holte Angelique tief Luft und seufzte vor Erleichterung. Ich half ihr, das Korsett auszuziehen, die Rockbänder, die den Rock zusammenhielten, löste sie selbst und stieg dann aus ihm heraus.
Als sie in ihrem knielangen weißen Hemd so dastand, mit offenem Haar, erinnerte sie mehr denn je an einen Engel. Ich konnte mich nicht an ihr sattsehen, und in meinem Inneren wuchs ein seltsames Gefühl, das ich bisher noch nicht gekannt hatte. Ich war unsagbar glücklich, weil ich in ihrer Nähe sein durfte, und gleichzeitig unsagbar unglücklich, weil ich wusste, dass sie mich bald wieder zur Hintertür hinauslassen und mich vergessen würde, als hätte es mich nie gegeben.
Aber vorerst schien sie mich nicht loswerden zu wollen, oder besser gesagt, das Mädchen Johanna, das ich darstellte. Im Gegenteil, sie forderte mich auf, auf dem Stuhl Platz zu nehmen, während sie selbst sich in den Sessel sinken ließ, nachdem sie die Kleidungsstücke, die dort gelegen hatten, kurzerhand auf den Boden fallen lassen hatte. Es war mir unbegreiflich, wie man so nachlässig mit all diesen schönen, kostbaren Dingen umgehen konnte.
»So, und jetzt erzähle! Wer bist du, woher kommst du? Und warum hast du keine Haare auf dem Kopf?«
Von mir unbemerkt, war das Kopftuch herabgeglitten

und hatte meinen kahlen Schädel entblößt. Ich tischte meine Geschichte von dem Dorf, den Eltern, den Geschwistern und dem Fieber auf und war froh, dass ich sie an der Frau auf dem Marktplatz hatte ausprobieren können, bevor Angelique sie zu hören bekam.
Offenbar glaubte sie mir, denn zu meiner großen Überraschung begann sie zu weinen. Dicke Tränen liefen ihr über die Wangen und hinterließen Streifen in der Schminke.
»Oh, wie traurig!«, seufzte sie. »Arme Kleine, so ganz allein auf der Welt!«
Sie weinte über mich, bedauerte mich! Ich konnte mich nicht daran erinnern, dass jemand das bisher je getan hätte, und bekam einen dicken Kloß im Hals. Fast wäre ich selbst in Tränen ausgebrochen.
»Was willst du jetzt tun? Hast du Verwandte, die sich um dich kümmern können?«
Ich antwortete, Verwandte hätte ich keine, aber ich wolle mir eine Arbeit suchen, irgendwo, wo ich auch eine Unterkunft bekäme.
»Als Dienstmagd«, fügte ich schnell hinzu, denn das war, soweit ich wusste, die einzige Arbeit, die ein Mädchen bekommen könnte.
Angelique tupfte sich mit einem kleinen weißen Taschentuch die Augen trocken.
»Ich habe vielleicht Arbeit für dich«, sagte sie. »Ohne Lohn, aber mit freier Kost und Unterkunft.«

»Was für eine Arbeit denn?«

»Als Ankleiderin«, erklärte Angelique. »Mit meinen Kostümen brauche ich unbedingt Hilfe, aber mein Vater will niemanden extra anstellen. Noch mehr Gehälter könne er sich nicht leisten, sagt er. Aber wenn du nur für freie Kost und Logis arbeiten willst, kann ich ihn bestimmt überreden.

Das ist keine schwere Arbeit, du musst mir nur vor und nach den Vorstellungen mit den Kleidern und dem Frisieren helfen. Und tagsüber könntest du vielleicht auch ein paar Besorgungen machen. Was sagst du denn dazu?«

Ich nickte eifrig, ohne auch nur daran zu denken, was das bedeutete – nämlich, dass ich dann auch weiterhin als Mädchen auftreten müsste.

»Schön, also sind wir uns einig. Morgen frage ich meinen Vater. Weißt du, wo du heute Nacht schlafen wirst?«

Ich schüttelte den Kopf.

»Du kannst hier in der Garderobe übernachten«, sagte Angelique. »Ich trau mich nicht, dich in unser Gästequartier mitzunehmen, bevor alles geklärt ist.«

Jetzt klang sie wieder froh. Ihre Laune wechselte so rasch wie das Frühlingswetter: im einen Moment Sonne, im nächsten Regen.

»Hast du heute Abend unsere Vorstellung gesehen?«, fragte sie.

»Nein.«

»Dann darfst du sie dir morgen anschauen«, versprach sie. »Heute Abend war es ausverkauft, darum geben wir morgen eine Sondervorstellung. Anschließend wird geprobt, und am Freitag führen wir ein neues Stück auf. Und so geht es weiter, bis wir Anfang Juni in die nächste Stadt reisen.«

»Ihr reist in die nächste Stadt? Warum das denn?«

Sie lachte. »Du scheinst herzlich wenig zu wissen. Wir sind eine reisende Theatertruppe, die überall dort auftritt, wo es eine Bühne gibt. Die Theaterhäuser gehören Bürgern der Stadt, meistens irgendwelchen reichen Männern. Mein Vater, der Theaterdirektor, bezahlt ihnen Miete. Der Rest unserer Einnahmen durch den Kartenverkauf geht für Gehälter drauf und für neue Kostüme und Kulissen, für die Gasthauszimmer, in denen wir wohnen, und für die Reisen von Stadt zu Stadt.«

Ich verstand nicht alles, was Angelique sagte, aber wenn ich als ihre Ankleiderin bei ihr bliebe, würde ich mit der Zeit wahrscheinlich dahinterkommen. Eine Sache wollte ich allerdings sofort wissen.

»Theater – was ist das überhaupt?«

»Weißt du das nicht? Nein, du kommst ja vom Land, da hast du so etwas wohl noch nie gesehen. Theater, das ist, wenn wir Schauspieler auf einer Bühne stehen und so tun, als wären wir jemand anders, als wir in Wirklichkeit sind. Wir spielen verschiedene Rollen, und durch das, was unsere Rollen tun und sagen, erzählen wir den Leuten, die im Zuschauerraum sitzen, eine Geschichte.«

»Eine wahre Geschichte?«

»Eine erfundene. Aber eine erfundene Geschichte kann mehr Wahrheit enthalten als etwas, das in Wirklichkeit passiert ist.«

Das kam mir eigenartig vor.

»Kann eine Lüge mehr Wahrheit enthalten als die Wirklichkeit?«

»Unsere Geschichten sind keine Lügen«, sagte sie. »Sie sind ... wie soll ich das erklären? Sie sind Spiegel, die das Leben der Menschen zeigen.«

Ich begriff immer noch nichts und tastete mich zu etwas zurück, das mir leichter verständlich schien.

»Und du, was für eine Rolle spielst du?«, fragte ich.

»Meistens spiele ich die Heldinnen«, sagte sie. »Die Braut, die Tochter, das Mädchen, das der Held vergeblich liebt. Früher, als ich ein Kind war, hat meine Mutter diese Rollen gespielt, aber inzwischen ist sie zu alt dafür. Jetzt spielt sie die älteren Frauen: Mütter, Königinnen, Äbtissinnen. Aber nicht die alten, hässlichen Weiber, diese Rollen muss Mamsell Henriksson übernehmen, damit sie sich wenigstens die Hälfte des Essens verdient, das sie in sich reinstopft, sagt mein Vater. Er selbst spielt die besseren älteren Herren, und Herr Wikander übernimmt die alten Knacker.«

Die Wörter und Namen schwirrten mir wie Schwalben um den Kopf. Was mochte das sein – eine Äbtissin? Und wer waren Mamsell Henriksson und Herr Wikander?
»Und wer spielt den Helden?«, wagte ich zu fragen. »Also den, der dich liebt?«
Angeliques Gesichtsausdruck veränderte sich. Das Lächeln verschwand, und zwischen ihren Brauen tauchte eine unzufriedene Falte auf. Doch bevor sie antworten konnte, klopfte es an die Tür – ein gedämpftes, aber eifriges Klopfen, als wäre es sehr wichtig, dass die Tür geöffnet würde, aber ohne dass jemand anderes, der sich nicht im Zimmer hinter der Tür befand, es hörte.

Der junge Mann, der hastig zur Tür hereinglitt, als Angelique sie einen Spalt weit öffnete, hatte lange braune Haare, die ihm in einer Welle über die Stirn fielen, und trug ein weißes Hemd, das am Hals offen war.
»Mein Engel«, sagte er, ergriff ihre Hand und küsste sie. »Endlich!«
Als er sich in der Garderobe umsah, fiel sein Blick auf mich.
»Wer ist das denn?«
»Meine neue Ankleiderin«, sagte Angelique. »Sie heißt … ach, jetzt habe ich deinen Namen vergessen!«
»Johanna.«

Diesmal kam er mir fast natürlich über die Lippen. »Johanna«, wiederholte Angelique. »Wie konnte ich das nur vergessen?«
»Kannst du sie nicht rausschicken?« Der junge Mann klang ungeduldig.
»Wo soll sie denn hin? Sie darf hierbleiben.«
»Müssen wir unbedingt eine Zuschauerin haben? Ausgerechnet jetzt, wo wir endlich einen Moment allein sein können?«
»Johanna«, sagte Angelique. »Setz dich hinter die Kleiderstange, damit du uns nicht siehst. Und bleib dort sitzen, bis ich dir sage, dass du wieder hervorkommen darfst.«
Ich gehorchte, zog den Stuhl mit mir hinter die hängenden Kleider und setzte mich dort hin. Atmete den Duft der parfümierten Kleidungsstücke ein und lauschte dem Geschehen auf der anderen Seite.
»Das ist unerträglich«, sagte der junge Mann. »Dieser aufgeblasene, eitle Affe, der doppelt so alt ist wie die Rolle, die er spielt! Hast du gehört, wie er seinen Schlussmonolog in die Länge gezogen hat, nur damit alle sich ausschließlich an ihn und sonst niemanden erinnern, wenn sie nach Hause gehen! Ich würde den Jaromir so viel besser spielen, so viel romantischer –«
»Ich weiß«, hörte ich Angelique antworten. »Das habe ich Papa schon gesagt. Aber auf dem Ohr will er nicht hören. Er sagt, Herr Björkegren sei berühmt und wür-

de die Leute anziehen. Du musst dich gedulden, früher oder später wird Papa entdecken, was du kannst, und dir eine Hauptrolle geben.«

Kurz darauf verebbte das Gespräch, bald waren nur vereinzelte gemurmelte Worte zu vernehmen:

»Liebste …«

»Willst du …«

»Ja, ich auch …«

Die Worte vermischten sich mit Seufzern und heftigen Atemzügen, raschelnden Stoffen und dem Aufprall von etwas, das auf den Boden fiel. Ich hätte zu gern gewusst, was da vor sich ging, traute mich aber nicht, nachzuschauen. Plötzlich war Angeliques Stimme klar und deutlich zu hören: »Nein, so nicht. Das weißt du.«

Und der junge Mann antwortete: »Verzeih mir, mein Engel. Ich will natürlich nur das, was du auch wünschst!«

Dann ging das Gemurmel eine Zeit lang weiter, bis Angelique es wieder unterbrach:

»Du musst jetzt gehen, Kristoffer. Meine Eltern warten auf mich.«

Vorsichtig spähte ich zwischen zwei Kleidern hindurch und sah, dass Angelique im Sessel saß, während der junge Mann vor ihr kniete und die Arme um ihre Hüften gelegt hatte.

»Geh jetzt«, wiederholte sie.

Kristoffer erhob sich und brachte seine Kleidung in Ordnung.

»Darf ich morgen Abend wiederkommen?«, fragte er.
»Mal sehen. Wir müssen vorsichtig sein, das weißt du. Sonst kann es passieren, dass Papa deinen Vertrag nicht verlängert.«
Angelique begleitete ihn zur Tür. Dort küssten sie sich, bevor Kristoffer in den Flur hinaus verschwand.
»Johanna! Jetzt kannst du hervorkommen.«
Ich kam heraus, den Stuhl hinter mir herziehend. Angelique lachte, als sie mich sah.
»Du hast ja ganz rote Backen! Hast du heimlich geguckt?«
Ich schüttelte den Kopf.
»Nur ein bisschen? Das macht nichts, glaub mir.«
»Ein bisschen«, gestand ich.
»Du bist noch zu klein«, sagte Angelique. »Aber in ein paar Jahren … Wie alt bist du überhaupt?«
»Elf.«
»Nun, in vier oder fünf Jahren wirst du verstehen, was Liebe ist. Wie wundervoll es sich anfühlt, mit dem, den man liebt, zusammen zu sein.«
Das weiß ich schon, dachte ich. Jetzt, seit ich in deiner Nähe bin. Doch als mir einfiel, dass sie natürlich Kristoffer meinte, als sie von dem sprach, den sie liebte, versetzte es mir einen Stich ins Herz.
»Spielt Kristoffer den Helden?«, fragte ich.
»Nein«, sagte sie, und dabei tauchte die Falte zwischen ihren Augenbrauen wieder auf. »Mein Vater findet, er

sei zu jung und habe als Schauspieler noch nicht genügend Können und Erfahrung dafür. Aber er ist doch so schön! Das Publikum würde ihn sicher lieben, wenn er nur die Chance bekäme.«

Sie verstummte und schien in ihre eigenen Gedanken zu versinken, bevor sie in verändertem Tonfall fortfuhr:

»Nein, Herr Björkegren spielt die Heldenrollen. Er ist fast vierzig und hat starken Mundgeruch. Ich verabscheue es, wenn ich ihn küssen muss.«

»Küsst du den etwa auch?«

Wie ging das zusammen?

»Auf der Bühne, du Dummerchen, in den Vorstellungen, wenn wir Liebende spielen. Im wirklichen Leben hüte ich mich davor, ihn in meine Nähe kommen zu lassen, obwohl er das wahrscheinlich nur zu gern täte.«

Während wir uns unterhielten, hatte Angelique ihr Gesicht von der Schminke gesäubert und ihre eigenen Kleider angezogen. Ungeschminkt und in einem blau gestreiften einfachen Baumwollkleid sah sie jünger aus als vorhin. Ich schätzte, dass sie nur wenige Jahre älter war als die ältesten Mädchen im Waisenhaus, vielleicht siebzehn oder achtzehn.

Angelique legte sich ihr Tuch um die Schultern und band die Bänder ihrer Haube unterm Kinn zu einer Schleife.

»Na dann, Johanna«, sagte sie. »Jetzt lasse ich dich hier allein. Morgen früh komme ich zurück und bringe dir etwas zu essen mit. Dann stelle ich dich meinem Vater vor und sage, dass er dich anstellen soll. Einverstanden?«

»Ja. Vielen Dank.«

»Es tut mir leid, dass hier kein Bett steht. Aber du bist ja so klein, da kannst du gut im Sessel schlafen. Nimm dir mein anderes Tuch, das geblümte, als Decke.«

»Danke«, sagte ich noch einmal.

»Gute Nacht. Und vergiss vor allem nicht, die Lampe zu löschen, damit du sie nicht im Schlaf umwirfst und das ganze Theater in Brand steckst.«

Und damit ging sie. Ich trat an den Tisch und schraubte vorsichtig an der Lampe, die vor dem Spiegel stand, die Flamme herunter. Im Spiegelglas sah ich mein eigenes Bild: ein blasses Gesicht mit einem Muttermal an der linken Wange, unter dem groben Leinenstoff der Bluse zeichnete sich ein magerer Brustkorb ab.

Aber während das Licht immer schwächer wurde, schien sich das Bild zu verändern. Ich konnte mein Gesicht im Spiegelglas noch erkennen, aber plötzlich waren da Haare auf meinem Kopf, gescheitelt und in weichen Locken um die Stirn frisiert. Die mausgraue Bluse war verschwunden, an ihrer Stelle sah ich ein leuchtend blaues Kleid aus einem glänzenden Stoff. Um den schmalen Hals des Spiegelbildes lag eine Halskette, und an der Kette hing ein ovales Schmuckstück.

Meine Augen waren unverändert, meine Gesichtszüge

ebenfalls, aber dennoch war das, was ich im Spiegel sah, ein fremdes Mädchen, ein Mädchen, das ebenso reich und schön gekleidet war wie die vornehmen Herrschaften, die aus dem Spektakel-Haus geströmt waren. Ich begegnete ihrem Blick, und sie sah mich auch an, mit Augen, die sich vor Überraschung oder vielleicht vor Schreck ein wenig weiteten.

Was war denn das? War der Spiegel verzaubert? Sah ich da meine Zukunft? Würde ich mich schließlich in ein Mädchen verwandeln, wenn ich weiterhin Mädchenkleider trug? Und würde ich dann jemals wieder ein Junge werden können?

Ich erschrak und schraubte den Docht rasch herunter, bis die Flamme erlosch und das Bild verschwand. Ein Trugbild, sagte ich mir. Vielleicht war ich von den Ereignissen des Tages so erschöpft, dass ich mit offenen Augen träumte.

Schnell kauerte ich mich in den Sessel und deckte mich mit Angeliques geblümtem Tuch zu. Meine Kleider behielt ich an.

Zum zweiten Mal innerhalb von neun Jahren schlief ich an einem anderen Ort als in meinem Bett im Waisenhaus. Aber genauso unruhig, wie ich im Spinnsaal geschlafen hatte, genauso tief und fest schlief ich jetzt und träumte nur schöne Träume.

Drittes Kapitel

DIE THEATERTRUPPE

Ich schlief immer noch, als die Tür aufging, und wachte erst davon auf, dass Angelique sich über mich beugte und mir eine Hand auf die Schulter legte.

»Wach auf, Johanna! Es ist schon neun Uhr!«

Es dauerte ein paar Sekunden, bis ich begriff, wo ich mich befand, und noch ein paar Augenblicke, bis mir einfiel, wer ich war: nicht Johan, sondern Johanna. Ich streckte mich, steif, wie ich war, nachdem ich die ganze Nacht unbequem im Sessel verbracht hatte, dann schlug ich die Augen auf und sah Angeliques schönes Gesicht über mir.

»Entschuldige«, murmelte ich. »Ich habe verschlafen.«

Ein fröhliches Lachen.

»Das macht nichts. Wir Theaterleute sind keine Frühaufsteher. Aber ich würde dich gern meinem Vater vorstellen, während er frühstückt, da ist er nämlich immer bester Laune. Hier, ich hab dir ein Brot gemacht, damit du nicht mit leerem Magen durch die Gegend laufen musst.«

Das Brot, das sie mir reichte, erinnerte in nichts an die groben Schnitten, die es im Waisenhaus immer gab. Dieses Brot war weiß und weich, mit goldgelber Butter bestrichen. Auf der Butter lag eine Scheibe Käse. Ich traute meinen Augen kaum.

»Ist das für mich?«

»Hab ich doch gesagt.«

Ich konnte mich nicht erinnern, jemals etwas so Köstliches gegessen zu haben. Und dennoch war mir, als würde ich den Geschmack wiedererkennen: das süße Brot, das im Mund zerging, die salzige Butter und das kräftige, würzige Käsearoma. Ich aß langsam, damit es möglichst lange reichte. Zum Schluss leckte ich mir die Mundwinkel, um mir die letzten Butterreste, die dort hängen geblieben waren, nicht entgehen zu lassen. Angelique beobachtete mich und lachte.

»Wenn du dich so schleckst, siehst du aus wie eine Katze. Ich glaube, wir werden dir Tischmanieren beibringen müssen, falls du uns begleiten wirst. Komm, wir gehen jetzt!«

Ich band mir das Kopftuch fester um den Kopf und strich den Rock glatt, bevor ich ihr in den Flur hinaus folgte. Als sie die Hintertür öffnete, schlug uns das Sonnenlicht blendend hell entgegen. Der Garten leuchtete grün, und in den Büschen und Bäumen sangen Vögel.

Die Welt war so schön. Aber am allerschönsten war Angelique, sogar in dem schlichten Kleid, das sie heute trug. Wir gingen die breite Hauptstraße entlang und bogen dann in eine schmalere Straße ein. Dieser folgten wir ein gutes Stück weit, bis Angelique vor einem zweigeschossigen Holzhaus anhielt.

»Hier ist es.«

Sie zog die Eingangstür auf und trat vor mir in die Diele. Eine geöffnete Doppeltür führte in einen Saal, wo ein paar kleinere Tische aufgestellt waren. An einem der nächsten Tische saß eine dicke ältere Frau und stopfte sich Gebäck in den Mund. Ihr gegenüber tunkte ein knochiger alter Mann ein Stück Brot in ein Glas Milch, bevor er es sich in den fast zahnlosen Mund steckte. Ich vermutete, dass dieses ungleiche Paar aus Mamsell Henriksson und Herrn Wikander bestand. Weiter hinten im Saal teilten sich zwei Männer einen Tisch. Den einen davon erkannte ich wieder, das war Kristoffer, der am vorigen Abend in die Garderobe gekommen war. Und der andere musste wohl Herr Björkegren sein, der mit dem Mundgeruch?

Angelique begrüßte freundlich die Mamsell und Herrn Wikander und ging mit mir im Schlepptau weiter in den Saal hinein. Sie blieb jedoch nicht stehen, um sich mit Kristoffer zu unterhalten, sondern nickte ihm und seinem Tischgenossen nur kurz zu.

Am dritten Tisch saßen ein schnurrbärtiger Mann und eine Frau mit kunstvoll hochfrisierten Haaren.

»Anna-Maria, mein Kind!«, sagte die Frau. »Wo bist du

gewesen? Ich habe nach dir gesucht, aber du warst nicht in deinem Zimmer. Warst du etwa schon unterwegs? Willst du denn nicht frühstücken?«
»Ich hab schon gegessen«, sagte Angelique. »Und anschließend einen Spaziergang gemacht, um etwas zu holen, was ich gestern Abend in der Garderobe gelassen hatte.«
Die Frau runzelte auf die gleiche Art die Brauen, wie ich es am gestrigen Abend bei Angelique beobachtet hatte. Es war deutlich erkennbar, dass sie Mutter und Tochter waren.
»Du bist wirklich zu schusselig, mein Kind. Immer lässt du deine Sachen irgendwo liegen.«
»Das hier war keine Sache«, erklärte Angelique. »Es war ein Lebewesen.«
»Du hast doch hoffentlich nicht schon wieder ein Kätzchen gefunden? Das du dann auf unserer Tournee mitschleppen willst?«
Der Mann mit dem Schnauzbart, der Angeliques Vater sein musste, hatte geschwiegen, während seine Frau und seine Tochter sich unterhielten. Jetzt hob er den Kopf und sah an seiner Tochter vorbei. Sein Blick fiel direkt auf mich, obwohl ich halb versteckt hinter ihr stand.
»Wer ist dieses Mädchen, Anna-Maria? Und was hast du mit ihr vor? Setz dich und erkläre es uns.«
Angelique zog einen Stuhl heran und nahm Platz. Ich

blieb stehen und wartete voller Unruhe ab, was jetzt geschehen würde.

Als Erstes bekam ich meine Geschichte zu hören, die vom Fieber und den toten Eltern und Geschwistern, aber von einer anderen Person erzählt und auf eine ganz andere Art. Angelique schmückte sie mit Einzelheiten aus, die in meiner eigenen Erzählung nicht vorgekommen waren. Sie berichtete, was die Mutter gesagt hatte, bevor sie gestorben war: dass Johanna, die Älteste, sich um ihre vier Geschwistern kümmern und wie eine Mutter für sie sorgen solle. Doch dann seien die kleinen Geschwister krank geworden, eins nach dem anderen, und ebenfalls gestorben – zuletzt die Jüngste, die erst ein halbes Jahr alt und so niedlich gewesen sei!

Obwohl ich wusste, dass jedes Wort der traurigen Geschichte, die Angelique erzählte, pure Erfindung war, spürte ich trotzdem einen Kloß im Hals, als wäre alles wahr gewesen.

»Jetzt ist sie ganz allein auf der Welt«, schloss Angelique ihre Erzählung, und ich sah, dass sie wieder Tränen in den Augen hatte. Ihre Mutter wischte sich auch mit einem Spitzentüchlein die Augen. Der Theaterdirektor zwirbelte nachdenklich seinen Schnurrbart.

»Du willst also, dass wir sie bei uns aufnehmen?«, fragte er.

»Papa, du weißt ja, dass ich eine Ankleiderin brauche. Vor allem in den Stücken, wo ich mehr als ein Kostüm trage, da schaffe ich es kaum, mich umzuziehen. Und Johanna hat so flinke, weiche Finger, gestern hat sie mir mit dem Korsett geholfen.«

»Ich weiß, ich weiß, aber dir sollte doch klar sein, dass wir es uns nicht leisten können, noch mehr Personen anzustellen. Die Einnahmen aus dem Verkauf der Eintrittskarten reichen knapp aus, um die Gehälter zu bezahlen.«

»Johanna braucht kein Gehalt, Hauptsache, sie kriegt einen Schlafplatz und ihr tägliches Essen. Sie kann bei mir im Zimmer schlafen. Nicht wahr, Johanna?«

Ich nickte.

»Hat es dem Mädchen die Sprache verschlagen? Es wird doch hoffentlich nicht stumm sein?«

Angelique stieß mich leicht an, und das hieß natürlich, dass ich etwas sagen sollte.

»Nein, gnädiger Herr.«

»Und du willst uns auf unserer Tournee begleiten? Wie meine Tochter vorgeschlagen hat?«

»Ja, gnädiger Herr.«

»Weißt du etwas übers Theater?«

»Nein, gnädiger Herr.«

»Fällt dir das Lernen leicht?«

»Ich denke schon, gnädiger Herr.«

»Sag Ja!«, unterbrach Angelique. »Allerliebster Papa, sag Ja!«

Der Theaterdirektor lächelte.

»Anna-Maria, mein Schatz, wenn du mich auf diese Art bittest, kann ich dir nicht widerstehen, das weißt du. Vor allem nicht, nachdem ich so gut gefrühstückt habe. Und außerdem gestern Abend vor ausverkauftem Haus gespielt habe. Nimm die Kleine mit, wenn du willst. Aber sorge dafür, dass sie etwas Anständiges zum Anziehen bekommt statt dieser Lumpen. In unserer Truppe können wir kein Mädel gebrauchen, das aussieht, als käme es aus dem Armenhaus.«

»Du kannst dieses eine karierte Kleid nehmen, das dir oben herum zu eng geworden ist«, schlug Angeliques Mutter vor. »Mamsell Henriksson soll es für das Mädchen ändern.«

»... dann hat sie sich wenigstens mal ihr Essen verdient«, sagten Vater und Tochter im Chor.

Die Gästezimmer lagen im Obergeschoss über dem Speisesaal, wo das Frühstück serviert wurde. Angelique erklärte mir, wer hinter den jeweiligen Türen wohnte.

»Das hier ist das Zimmer meiner Eltern, das ist das größte. Direkt gegenüber wohnt Herr Björkegren. In seinem Vertrag steht, dass er ein eigenes Zimmer zu bekommen hat, darum muss Kristoffer sich mit Herrn Wikander ein Zimmer teilen, das dort hinten. Und hier wohne ich, neben meinen Eltern.«

Ich sah mich um und zählte die Türen: eine, zwei, drei, vier.
»Und Mamsell Henriksson?«, fragte ich. »Wo ist ihr Zimmer?«
»Unterm Dach«, sagte Angelique. »Ich habe angeboten, das Dachzimmer zu nehmen, um der Mamsell die Treppe zu ersparen, aber Papa hat Nein gesagt. Er weiß zwar nichts über mich und Kristoffer, aber ich vermute, dass er etwas ahnt. Darum soll ich direkt in der Nähe meiner Eltern wohnen, damit sie mich im Auge behalten können.«
Als sie die Tür zu ihrem Zimmer öffnete und mich eintreten ließ, sah ich, dass dort ein genauso großes Durcheinander herrschte wie in der Garderobe im Theater. Kleider, Strümpfe und Tücher lagen über die Möbel verstreut. Mitten im Zimmer stand ein offener Koffer, aus dem der Inhalt herausquoll. Angelique begann die Kleidungsstücke im Koffer zu durchwühlen.
»Wo steckt es nur, dieses karierte Ding?«, murmelte sie. »Es muss doch hier irgendwo sein.«
Nachdem sie eine Zeit lang alles im Koffer hin und her gezerrt hatte, hielt sie triumphierend ein rot kariertes Baumwollkleid in die Höhe.
»Schau mal, ist das nicht hübsch? Hast du jemals so ein Kleid gehabt?«
Ich schüttelte den Kopf und bemühte mich, ein begeistertes Gesicht zu machen.

»Das ist natürlich viel zu groß«, erklärte Angelique, »aber Mamsell Henriksson hat flinke Finger, die kann es sicher passend machen. Zieh es doch an und lass mich mal schauen!«

Es traf mich wie ein Blitz: Jetzt würde ich mich verraten. Wie sollte ich den Rock und die Bluse aus dem Waisenhaus ausziehen, ohne dass meine Jungenunterwäsche sichtbar wurde? Und wenn ich diese auch ausziehen müsste, wäre es natürlich noch viel schlimmer. Ich blieb stehen, ohne zu wissen, was ich tun sollte.

»Zieh es an!«, forderte Angelique mich ungeduldig auf. »Worauf wartest du noch?«

»Ich …«, stammelte ich. »Ich glaube, ich behalte lieber meine eigenen Sachen an.«

Sie musterte mich erstaunt. Dann schien ihr ein Licht aufzugehen.

»Schämst du dich für das, was du darunter trägst? Ist dein Unterhemd zerrissen? Oder hast du vielleicht gar kein Hemd?«

»Nein«, flüsterte ich, und das entsprach ja der Wahrheit.

Angelique stürzte sich erneut auf den Koffer und zog ein weißes, von Stickereien gesäumtes Kleidungsstück heraus.

»Hier, schau mal!«, sagte sie. »Das kannst du haben, für mich ist es zu kurz.«

Sie reichte mir das Hemd und das Kleid, und ich nahm sie zögernd entgegen.

»Was ist denn jetzt noch?«, fragte sie. »Bist du schüchtern? Soll ich dir nicht beim Umziehen zuschauen?«
Ich nickte.
»Na, dann verzieh dich doch hinter den Wandschirm!« Sie deutete auf einen Wandschirm aus geblümtem Stoff, der in einer Ecke des Zimmers aufgespannt stand. »Die Waschkommode steht direkt dahinter. Da kannst du dich gleich waschen, bevor du die neuen Sachen anziehst. Du hast so einen weiten Weg hinter dir, da bist du vermutlich recht staubig und schmutzig geworden. Hier, nimm dieses Handtuch!«
Erleichtert nahm ich das Handtuch und die Kleider mit hinter den Schirm. Ich zog alles aus und wickelte das Unterhemd und die lange Unterhose sorgfältig in den Rock, damit nichts davon zu sehen war. Hinter dem Wandschirm befand sich eine Art niedriger Schrank mit Schubladen, auf dem eine Waschschüssel und ein Wasserkrug standen. In einer muschelförmigen Schale lag eine Seife, die himmlisch duftete, als ich sie ins Wasser tauchte.
Ich wusch mir das Gesicht, den Hals, den Kopf und den Oberkörper und genoss das lauwarme Wasser und den weichen Seifenschaum. Das Waschwasser, das ganz grau geworden war, leerte ich in einen Eimer und füllte die Schüssel dann noch einmal mit sauberem Wasser, um die Seifenreste auszuspülen. Ganz zuletzt rieb ich mich mit dem Leinenhandtuch ab, das Angelique mir

gegeben hatte, bis ich trocken war. So sauber wie jetzt bin ich wahrscheinlich noch nie gewesen, dachte ich. Dann zog ich mir das weiße Unterhemd über den Kopf, stieg in das Kleid und knöpfte es vorne zu. Um die Taille herum war es viel zu weit, und der Rock war zu lang.
»Ach, das hab ich ja ganz vergessen«, hörte ich Angeliques Stimme hinter dem Wandschirm. »Du brauchst natürlich eine lange Unterhose mit Spitzen. Jede Wette, dass du so was noch nie gehabt hast! Pass auf, hier kommt sie!«
Ein weiteres weißes Kleidungsstück kam über den Wandschirm geflogen: eine weite Hose, unten von Spitzen gesäumt und mit einem Baumwollband in der Taille, das zugezogen werden konnte, damit die Hose oben blieb. Hatten Mädchen so was an? Ich konnte mir nicht vorstellen, dass die Mädchen im Waisenhaus je solche Unterhosen getragen hatten, jedenfalls hatte ich dort nie etwas Ähnliches an den Wäscheleinen hängen sehen. Aber es war gut, unter dem Rock eine Hose anzuhaben, zur Sicherheit, falls der Rock hochflattern sollte.
»Bist du nicht bald fertig?«
Angelique klang ungeduldig.
»Komm, lass dich mal anschauen!«
Ich stolperte ins Zimmer hinaus, dabei schleifte der lange Rock hinter mir her. Angelique stieß einen Begeisterungsruf aus.

»Oh, wie hübsch du bist! Nur zu schade, dass du keine Haare hast. Aber die wachsen bald wieder nach, keine Bange. Wir kaufen dir ein Häubchen, dann sieht dein Kopf nicht so nackt aus. Vielleicht einen kleinen Strohhut. Und Schuhe, du kannst schließlich nicht barfuß herumlaufen.«

Ihre Stimme klang eifrig, wie ein kleines Mädchen, das für seine Puppe Kleider aussucht.

»Aber vorher muss das Kleid enger gemacht und gekürzt werden. Komm, jetzt gehen wir zu Mamsell Henriksson!«

Die Treppe zum Dachboden war tatsächlich so steil und eng, dass man sich unwillkürlich fragte, wie eine so beleibte Person wie Mamsell Henriksson es hier überhaupt nach oben schaffen konnte. Die Stufen endeten an einem kleinen Treppenabsatz vor einer Tür. Angelique klopfte. Ich stand hinter ihr und hielt die Stoffmassen meines Rockes hochgehievt in den Armen, um nicht darüber zu stolpern.

»Wer ist da?«, fragte eine Stimme hinter der Tür.

»Ich bin's, Anna-Maria. Und Johanna, meine neue Ankleiderin. Dürfen wir eintreten?«

»Kommt einfach herein«, antwortete die Stimme.

Angelique schob die Tür auf und trat vor mir in eine schummrige Dachkammer. Das Fenster der Kammer war mit einem dichten Stofftuch zugehängt. Eine Kerze, die auf einem kleinen Tisch stand, bildete die einzige

Lichtquelle. Die Flamme flackerte und ließ die Schatten über die Wände tanzen. Eine eigenartige Stimmung lag in dem Zimmer, als befänden sich darin Personen oder Dinge, die man zwar nicht sah, deren Anwesenheit aber dennoch spürbar war.

An dem Tisch saß Mamsell Henriksson, mit dem Rücken zur Tür, doch als wir eintraten, wandte sie sich zu uns um.

»Ich muss die Karten nur fertig lesen. Setzt euch so lange aufs Bett, wenn ihr wollt.«

Ich nahm neben Angelique auf dem sorgfältig gemachten Bett Platz und schielte zu dem Tisch vor der Mamsell hinüber. Längliche Zettelchen lagen so ausgebreitet auf der Tischplatte, dass sie ein symmetrisches Muster bildeten. Auf den Zetteln befanden sich gezeichnete Bilder, die ich aber nicht deutlich erkennen konnte, dazu war der Abstand zu groß. Ich erahnte ein Haus, ein großes Tier, einen Vogel und einen Reiter zu Pferd und wollte Angelique schon fragen, was das für Bilder seien, doch kaum hatte ich den Mund geöffnet, als sie mir bedeutete, still zu sein. Schweigend warteten wir noch ein paar Minuten, bis Mamsell Henriksson mit einer einzigen Handbewegung die Zettel auf dem Tisch zusammenfegte und sie mit geübtem Griff zu einem Stapel ordnete und in ein schwarzes Seidentüchlein wickelte.

»So«, sagte sie. »Jetzt bin ich so weit.«

»Für wen war der Stern?«, fragte Angelique. »Vielleicht für Sie selbst, Mamsell Henriksson?«

»Neugier treibt den Vogel in die Schlinge und den Menschen an die Klinge«, sagte Mamsell Henriksson. »Aber wenn du willst, lege ich dir gern einen Stern, mein Kind.«

»Oh ja«, sagte Angelique, »aber nicht gerade jetzt, jetzt haben wir nämlich ein anderes Anliegen. Steh auf, Johanna, und zeige Mamsell Henriksson das Kleid.«

Die Mamsell musterte mich eingehend.

»Na, so ein mageres kleines Küken. Wo hast du die denn gefunden?«

»Sie hat vielmehr mich gefunden«, erklärte Angelique. »Gestern Abend in der Garderobe, nachdem ihr alle schon weg wart.«

»Und jetzt soll sie präsentabel herausgeputzt werden? In deinem abgelegten Kleid?«

»Ganz genau!«

Die Mamsell stand auf und nahm das Tuch vom Fenster. Und plötzlich hatte das Zimmer gar nichts Geheimnisvolles mehr an sich, es war nur eine enge Dachkammer, von deren Decke die Farbe abblätterte.

Mamsell Henriksson holte einen Korb, der in einer Ecke des Zimmers stand, und nahm eine Schachtel Stecknadeln heraus.

»Stell dich auf den Stuhl«, sagte sie, »dann muss ich mich nicht so tief bücken.«

Ich stieg auf den Stuhl, auf dem die Mamsell vorhin gesessen hatte. Sie begann den Stoff seitlich zusammenzuraffen und mit Stecknadeln festzustecken.
»Ich lasse noch etwas Extraweite übrig«, sagte sie zu Angelique. »Diese Kleine ist es nicht gewohnt, sich satt zu essen, das sieht man von Weitem. Falls sie bei uns bleibt, wird sie zulegen, das ist sicher.«
Während Mamsell Henriksson sprach, wogte ihre eigene Üppigkeit um Brust und Hüften, und ihre Doppelkinne wabbelten. Sie musste meinen Blick bemerkt haben, denn sie fuhr mit folgenden Worten fort:
»Ich war nicht immer so dick, das darfst du mir glauben. Einst war ich genauso schlank und schön wie unsere kleine Anna-Maria. Damals war ich diejenige, die auf der Bühne stand und die Heldinnen spielte, und zwar nicht in Provinztheatern wie diesem hier, sondern in den großen Opernhäusern Europas. Doch das ist lange her.«
Ich wusste nicht, was Opernhäuser waren, und hatte nur eine äußerst nebelhafte Vorstellung davon, was man unter Europa verstand. In der Schule des Waisenhauses war man der Ansicht, es genüge, wenn die Schüler sich in der Geografie ihres Heimatlandes auskannten. Aber ganz kurz leuchtete in mir das Bild einer jungen schönen Frau auf, die bequem zurückgelehnt in einer Kutsche zu einem Gebäude unterwegs war, das an das Spektakel-Haus erinnerte, aber viel größer und prächtiger war.

Woher kam dieses Bild? So etwas hatte ich ja noch nie gesehen oder mir auch nur vorstellen können.
Mamsell Henriksson lächelte und nickte mir aufmunternd zu, als wüsste sie, was ich gesehen hatte, und als wäre das unser Geheimnis.
»So, und jetzt kommt der Saum an die Reihe«, murmelte sie mit dem Mund voller Stecknadeln.
Dann kniete sie sich mühsam neben dem Stuhl auf den Boden und begann den Saum des Kleides umzufalten.
»Machen Sie es nicht zu lang«, bat Angelique. »Ich habe ihr eine lange Unterhose mit englischer Spitze geschenkt, die darf man gerne sehen.«
Die Mamsell maß die Länge ab und steckte den Saum mit Nadeln fest.
»So!«, sagte sie wieder. »Wenn du das Kleid jetzt ausziehst, werde ich gleich mit dem Nähen anfangen.«
»Können Sie es noch vor heute Abend fertig machen?«, fragte Angelique. »Ich möchte, dass Johanna sich die Abendvorstellung anschaut, und dazu kann sie ihre alten Sachen nicht anhaben.«
»Komm in zwei, drei Stunden wieder, dann ist es fertig.«
Ich zog das Kleid aus und durfte einen Schal leihen, den ich mir für den Rückweg zu Angeliques Zimmer um die Schultern legen konnte. Kurz bevor ich die Dachkammer verließ, nahm ich meinen Mut zusammen und wandte mich zu Mamsell Henriksson um.

»Diese Zettel da«, begann ich zögernd, »die Sie …«
»Du meinst die Karten?«
»Ja, die Bilder. Was ist das eigentlich?«
Mamsell Henriksson sah mich mit ihren dunkelbraunen Augen forschend und gleichzeitig gütig an.
»Die Karten hier sind eine Möglichkeit, die Rätsel des Daseins zu lösen«, sagte sie. »Das heißt, wenn man sie auf diese Art zu deuten versteht. Ansonsten nennt man sie Cambio, dann sind sie ein Kartenspiel.«
»Darf ich sie irgendwann mal anschauen?«
»Noch viel besser. Ich werde dir einen Stern legen. Dann darfst du nicht nur die Bilder anschauen, sondern erfährst auch die Wahrheit, die sie uns zu erzählen haben.«
Erneut überkam mich ein eigenartiges Gefühl, als wäre etwas halb hinter einem Wandschirm verborgen, was ich aber dennoch erahnen könnte. Ich musste an das Mädchen denken, das ich im Spiegel gesehen hatte. Würden die Karten mir dieses Rätsel erklären können?
»Willst du das?«
»Ja, gern.«

Als wir ins Zimmer zurückkamen, nahm Angelique das ganze Kleiderbündel, stopfte es in den Kachelofen und zündete es an. Ein Glück, dass es nur der Rock, die Bluse und die Unterwäsche waren, die da verbrannten, dachte ich. Meine Hose und der Kittel lagen noch in der Garderobe, in das Leintuch gewickelt, das ich von der Wäscheleine genommen hatte. Somit wäre ich jederzeit in der Lage, mich wieder in Johan zurückzuverwandeln.

»Jetzt musst du vorerst hierbleiben, während ich ein paar Besorgungen mache«, erklärte Angelique. »Schließlich kannst du nicht gut bloß in Hemd und Unterhose auf die Straße gehen.«

Ich wusste nicht, was ich tun sollte, während ich wartete, also blieb ich einfach auf einem Stuhl sitzen, weil ich mich nicht traute, irgendetwas im Zimmer anzufassen. Auf dem Tischchen neben Angeliques Bett lag ein aufgeschlagenes Buch. Ich hätte zu gern nachgeschaut, was darin stand, befürchtete aber, dass sie es nicht gern hätte, wenn ich ihre Sachen berührte. Kurz stellte ich mich vor den Spiegel, der an der Wand hing, und wartete, ob ich das Bild des Mädchens wieder zu Gesicht bekäme, das mir so ähnlich sah, doch das Glas warf nur mein eigenes Bild zurück.

Es war ein seltsames Gefühl, mitten am helllichten Tag ganz allein zu sein. Ab und zu hörte ich im Flur Schritte und Stimmen, manchmal drang auch das Geräusch klappernder Pferdehufe und rollender Wagenräder von der Straße herein. Nach einer oder vielleicht zwei Stunden hielten rasche Schritte vor der Tür. Angelique kam ins Zimmer gestürmt, rotwangig vor Eifer.

»Schau mal, was ich dir gekauft hab!«
Aus ihrem Stofftäschchen zog sie zwei Paar lange Strümpfe heraus und noch etwas, das ich noch nie gesehen hatte.
»Strumpfbänder, Dummerchen! Damit die Strümpfe nicht runterrutschen!«
Sie zeigte mir, wie man die Strümpfe mit den Strumpfbändern befestigte. Die Strümpfe waren dünn und weich, ganz anders als die Wollsocken, die wir Waisenhauskinder im Winter an den Füßen trugen.
»Heute Nachmittag gehen wir zum Hutmacher und zum Schuster«, sagte sie. »Papa bezahlt. Aber die Strümpfe sind ein Geschenk von mir.«
Sie sah sich im Zimmer um.
»Ach, bist du etwa ein Angsthäschen? Hast du die ganze Zeit, während ich unterwegs war, nur hier auf dem Stuhl gesessen?«
»Ja.«
»Und dabei hab ich mir vorgestellt, wie du dir die Zeit damit vertreibst, meine Kleider anzuprobieren«, rief Angelique aus. »Oder ein paar Seiten in dem Buch zu lesen, das dort liegt.«
Ich schüttelte den Kopf.
»Aber was sag ich da eigentlich? Du kannst natürlich gar nicht lesen. Wo hättest du das lernen sollen? Jemand wie du darf bestimmt nicht in die Schule gehen, oder?«
Am besten, ich stimmte zu, das war mir klar.

»Nein«, sagte ich. »Lesen kann ich nicht. Aber ein paar Buchstaben erkenne ich wieder.«
Angeliques Gesicht erhellte sich.
»Ich werde dir das Lesen beibringen!«, erklärte sie. »Im Sommer, wenn wir keine Vorstellungen geben. Da haben wir jede Menge Zeit.«
Ich nickte zustimmend.
»Jetzt lauf ich schnell zu Mamsell Henriksson hinauf, um dein Kleid zu holen!«, sagte sie und verschwand zur Tür hinaus.
Kurz darauf war sie wieder da, mit dem rot karierten Kleid überm Arm. Schnell schlüpfte ich hinein. Jetzt saß es perfekt. Dann lieh sie mir ein Paar Schuhe, die zwar zu groß waren, aber immerhin an den Füßen blieben, wenn ich sie fest zuschnürte.
»So, jetzt gibt es Mittagessen«, sagte Angelique, »danach erledigen wir unsere Besorgungen. Und heute Nachmittag zeige ich dir das Theater.«
Beim Essen wurde ich den Herren Wikander und Björkegren vorgestellt, die kaum Notiz von mir nahmen. Kristoffer dagegen begrüßte mich freundlich, als wären wir uns noch nie begegnet, und ich begriff natürlich, dass ich mir auch nichts von unserem Zusammentreffen am Abend zuvor anmerken lassen sollte.
Das Essen war reichlich und schmeckte besser als alles, was ich bisher je gegessen hatte. Unfassbar, dass es Menschen gab, die täglich etwas so Wunderbares essen

durften! Dennoch bemühte ich mich, nicht zu viel zu essen, damit der Theaterdirektor mich nicht für gefräßig und zu kostspielig hielt.

Nach dem Essen ging Angelique mit mir zu einem Laden, vor dem ein Schild mit einem hohen Hut hing. Solche Hüte hatten die vornehmen Herren vor dem Spektakel-Haus getragen, daran konnte ich mich erinnern. In diesem Laden durfte ich mehrere Hauben aufprobieren, bevor Angelique sich für ein aus Stroh geflochtenes Hütchen entschied, mit rotem Stoff gefüttert und mit Bändern zum Zubinden in der gleichen Farbe. Die Hutkrempe wölbte sich weit vor über die Stirn und verbarg meinen geschorenen Haaransatz.

Beim Schuster bestellte Angelique für mich ein Paar Schuhe in der passenden Größe.

Während wir die Straßen entlanggingen, sah ich mich ängstlich nach der Stadtwache oder sonstigen Personen um, die mich vom Waisenhaus her erkennen könnten. Angelique lachte über meine hin und her huschenden Blicke und sagte, ich würde mich gewiss bald an alle Sehenswürdigkeiten der Stadt gewöhnt haben.

An einer Straßenecke kam uns raschen Schrittes ein Mann entgegen, den ich nur zu gut kannte – ein Lehrer aus dem Waisenhaus, ausgerechnet der eine, der mich im Hof geohrfeigt hatte. Jetzt würde ich ertappt werden, jetzt war alles vorbei! Womöglich war der Lehrer sogar in dem Auftrag unterwegs, nach mir zu suchen. In mir stieg Panik hoch, ich wollte davonrennen, begriff aber gleichzeitig, dass ich dadurch erst recht Verdacht erregen würde, selbst wenn er mich noch gar nicht erkannt hätte. Mit gesenktem Blick und klopfendem Herzen ging ich weiter. Doch als wir aneinander vorbeigingen, lüftete der Mann nur höflich seinen Hut für Angelique, trat einen Schritt zur Seite, um sie passieren zu lassen, und schien das kleine Mädchen an ihrer Seite kaum zu bemerken.

Noch keine vierundzwanzig Stunden waren vergangen, seit ich das Waisenhaus verlassen hatte, und schon hatte die große Welt, die draußen wartete, sich geöffnet, mich aufgenommen und mich in jemand anderen verwandelt.

Viertes Kapitel

DER OFFIZIER

Vom Laden des Schusters gingen wir direkt zum Spektakel-Haus. Es war vier Uhr nachmittags, und die Vorstellung würde erst um sechs anfangen, aber Angelique sagte, vor der Vorstellung habe sie immer gern reichlich Zeit. In einer Ecke der Garderobe lag noch mein Bündel mit den Jungenkleidern, und ich überlegte, was ich damit anstellen sollte. Das Beste wäre wohl, es einfach in das Zimmer mitzunehmen, das ich mit Angelique teilen würde, und es dort aufzubewahren. Dass sie oder sonst jemand in meinen Sachen wühlen würde, konnte ich mir nicht vorstellen.

»Noch fester!«, rief Angelique, während ich an den Korsettbändern zerrte und zog. »Du musst sie fester anziehen!«

»Aber tut das denn nicht weh?«, wagte ich zu fragen.

Doch, antwortete sie. Das Korsett drücke und tue weh und sie bekomme fast keine Luft. Aber wenn sie auf der Bühne stehe, müsse ihre bereits schlanke Taille so fest geschnürt sein, dass ein Mann sie mit beiden Händen

umfassen könne. So habe eine Frau auszusehen, und die feineren Damen seien stets auf diese Weise geschnürt.
»Aber da mache ich nicht mit«, sagte Angelique. »Ich will frei leben und atmen können, und wenn ich je heirate, dann nur einen Mann, der mich so haben will, wie ich bin, und nicht wie eine Puppe. Auf der Bühne ist das etwas anderes. Dort bin ich nicht ich selbst, sondern die Frau, von der alle im Publikum träumen. Die Frauen träumen davon, so zu sein wie sie, und die Männer davon, von ihr geliebt zu werden. Verstehst du?«
»Nicht so ganz«, musste ich gestehen.
»Warte bis heute Abend, wenn du mich auf der Bühne siehst. Dann wirst du es verstehen.«
Angelique stieg in ihren golden schimmernden Rock, und ich half ihr, die Bänder an der Taille zuzubinden. Über das Korsett streifte sie ein Leibchen aus dem gleichen Stoff wie der Rock, die Haken und Ösen am Rücken durfte ich dann schließen. Danach kam die Schminke an die Reihe: Eine weiße Creme, die ihr Gesicht blass machte, danach ein Hauch Rot auf Wangen und Lippen, und schließlich mit einem Kohlestift ein paar Striche um die Augen. Abschließend steckte sie die Haare hoch und befestigte sie mit Kämmen und Spangen.
Es stimmte tatsächlich: Sie hatte sich in jemand anders verwandelt, in den Engel, den ich am Abend zuvor gesehen hatte, als ich durch das Garderobenfenster spähte.
»Wer bist du jetzt?«, fragte ich.

»Jetzt bin ich Bertha, die Tochter des Grafen«, erklärte sie.
»Und wer ist der Graf?«
»Mein Vater. Der richtige, meine ich.«
»Und deine Mutter ist die Gräfin?«
»Nein, meine Mutter ist tot, ich meine natürlich die im Theaterstück. Meine richtige Mutter spielt ein Gespenst, eine Gräfin, die vor langer Zeit von ihrem Gatten umgebracht wurde und jetzt immer dann erscheint, wenn in der gräflichen Familie ein Unheil geschehen wird.«
»Und was ist dieses Unheil, was da passieren wird?«
»Das darfst du selber sehen«, sagte sie lachend. »Ich hab mir gedacht, du könntest hinter den Kulissen stehen und zuschauen. Aber bevor das Publikum hereingelassen wird, will ich dir noch das Theater zeigen.«
Sie führte mich eine steile Wendeltreppe hinauf, die noch schmaler war als die Treppe zu Mamsell Henrikssons Dachkammer. Von dort kamen wir in einen großen Raum, der an einen offenen Dachboden erinnerte, ungefähr wie der Spinnsaal im Waisenhaus. Auf den groben Holzdielen stand alles mögliche Gerümpel herum: Möbel, Schachteln, große Holzrahmen mit aufgespanntem Stoff.
»Ist das hier das Theater?«
Das sah nun wirklich nicht wie der wundervolle Ort aus, den ich mir vorgestellt hatte.
»Wir befinden uns hinter der Bühne«, erklärte Angeli-

que. »Das da« – sie deutete auf ein grobes Tuch, das vom Dach herabhing – »das ist der Fond, aber was du hier siehst, ist natürlich nur die Rückseite. Komm, wir gehen auf die Bühne hinaus!«

Wir umrundeten das, was sie den Fond nannte, und liefen zwischen ein paar Holzrahmen mit aufgespannten Tüchern weiter. In dem schummrigen Licht sah ich, dass die Tücher mit etwas bemalt waren, konnte aber nicht erkennen, was es war.

»Hier darfst du heute Abend stehen«, erklärte Angelique. »Aber pass auf, dass man dich vom Zuschauerraum aus nicht sieht! Und dass du den Schauspielern bei ihren Auftritten und Abgängen nicht im Weg stehst.«

In meinem Kopf drehte sich alles von den vielen fremden Begriffen, aber ich tröstete mich damit, dass ich im Laufe der Zeit sicher dahinterkommen würde, was sie bedeuteten.

Plötzlich packte Angelique mich an den Schultern und schob mich vor sich her. Im nächsten Augenblick befand ich mich auf einer erhöhten Fläche, ein paar Meter breit und genauso tief. Jenseits davon und etwas darunter sah ich Bankreihen, die von der Bühne bis zur hinteren Wand anstiegen. Über den hintersten Bankreihen ragte eine Art Balkon in den Raum. Von der Decke hing ein großer kreisförmiger Kronleuchter herab. Als ich mich umdrehte, sah ich hinter mir ein riesiges gemaltes Bild, das einen hohen Saal darstellte. Das musste die Vorderseite des großen Tuches sein, des Fonds, aber das Erstaunliche daran war, dass das Ganze nicht platt aussah, sondern den Eindruck erweckte, als würde sich der Saal viele Meter in die Tiefe hinein erstrecken. Mitten auf der Bühne standen ein Tisch und ein paar Stühle, ansonsten war es leer.

»Der Große Saal im gräflichen Schloss«, erklärte Angelique. »Hier spielen die ersten vier Akte. Der letzte spielt im Grabgewölbe der Grafenfamilie, da müssen wir blitzschnell den Fond und die Kulissen wechseln.«

All das Erstaunliche, was ich hier sah und hörte, hatte mir die Sprache verschlagen.

»Wer weiß«, fuhr Angelique fort. »Eines Tages stehst du vielleicht selbst auf einer ähnlichen Bühne und stellst jemand anders dar. Wenn du bei uns bleibst, bekommst du bestimmt hin und wieder kleinere Rollen, und wenn du Talent hast, wirst du womöglich irgendwann Schauspielerin.«

Wenn sie nur wüsste, dachte ich. Ich stellte ja bereits jemanden dar, der ich gar nicht war.

Eine Stunde später stand ich hinter den Kulissen an der Stelle, die Angelique mir gezeigt hatte. Hinter dem Fond warteten die Schauspieler, alle bis auf Mamsell Henriksson, die in diesem Stück keine Rolle hatte. Sie saß stattdessen vorne in einer Mulde unter dem Bühnenboden, durch einen halb zugeklappten Kasten vor dem Publikum verborgen. Als »Souffleurkasten« hatte Angelique das bezeichnet und erklärt, wenn ein Mitglied der Theatertruppe in einer Vorstellung nicht mitwirkte, müsse derjenige stattdessen soufflieren – das bedeutete: den Schauspielern ihre Texte zuflüstern, falls sie diese vergaßen.

»Das darfst du später mal machen, wenn du lesen gelernt hast«, versprach sie. »Bald passt Mamsell Henriksson nämlich nicht mehr dort unten in den Kasten. Sie schafft es ja nicht einmal, die Wendeltreppe hinter der Bühne rauf- oder runterzusteigen, sondern muss den Weg durch den Zuschauerraum nehmen.«

Unter den Schauspielern befanden sich zwei junge Männer, die ich bisher nicht gesehen hatte. Sie gehörten auch zur Truppe, erklärte Angelique, aber weil der Gasthof nicht genügend Gästezimmer hatte, mussten Herr Holm und Herr Åström bei einer Familie in der Stadt gemeinsam ein Zimmer mieten.

Im Zuschauerraum war der große Kronleuchter angezündet, und das Publikum strömte schon herein. Es war die gleiche Mischung aus eleganten Damen und Herren und einfacheren Leuten, die ich gestern Abend vor dem Theater gesehen hatte. Im Zuschauerraum teilten sie sich auf, indem die feiner Gekleideten entweder oben auf dem Balkon oder auf den mittleren Parkettbänken saßen, die mit Rückenlehnen versehen waren. Vor ihnen, auf den Bankreihen ohne Rückenlehnen, und ganz hinten, unterm Balkon, wo man kaum stehen konnte, saßen die einfacher Gekleideten, und längs der Seitenwände drängten sich alle, die sich nicht einmal einen Sitzplatz leisten konnten, sondern stehen mussten.

Ein Lichtreflex vom Balkon weckte meine Aufmerksamkeit, und als ich genauer hinsah, erkannte ich einen Herrn in Uniform, der etwas Glänzendes an einer Kette um den Hals trug. Ich konnte mir nicht erklären, was das sein mochte.

Nachdem alle Platz genommen hatten, wurde der Kronleuchter über dem Zuschauerraum gelöscht, und über der Bühne und am vorderen Bühnenrand gingen Öllampen an. Von der anderen Seite der Bühne trat Angeliques Vater aus der Kulisse, in Samt gekleidet und mit einem Degen an der Seite. Gleichzeitig schlüpfte Angelique an mir vorbei und bedachte mich mit einem Lächeln und einem leichten Klaps auf die Wange.

Während ich dem Gespräch auf der Bühne lauschte, geschah etwas Seltsames. Ich wusste ja, dass es Angelique und ihr Vater waren, die da standen. Aber nach wenigen Minuten vergaß ich, wer sie waren, und sah zwei ganz andere Personen – den Grafen und seine Tochter Bertha, die ihren Vater bat, einen jungen Mann mit dem wunderlichen Namen Jaromir heiraten zu dürfen. Sie erhielt seine Erlaubnis, aber nachdem sie gegangen war, tauchte das Gespenst auf und erschreckte den Grafen. Dann kam Jaromir hereingestürzt und sagte, er sei von Räubern überfallen worden. Doch das war eine Lüge, denn eigentlich war Jaromir selbst der Anführer der Räuberbande. Als Bertha das entdeckte, wollte sie ihn trotzdem heiraten, und sie beschlossen, gemeinsam zu fliehen.

Da flammte der Kronleuchter im Zuschauerraum auf, und das Publikum ging hinaus und blieb ziemlich lange weg. Kurz bevor der Kronleuchter gelöscht wurde, weil das Stück weitergehen sollte, blitzte der Lichtreflex erneut vom Balkon, und ich sah, dass der Mann in Uniform den glänzenden Gegenstand erhob und vor die Augen hielt.

Jetzt brach der Graf mit ein paar Soldaten auf, um mit den Räubern zu kämpfen. Im Kampf wurde der Graf von dem maskierten Anführer der Räuber tödlich verwundet. Bevor der Graf starb, gestand ein gefangener Räuber ihm, Jaromir sei der eigene Sohn des Grafen, Berthas Bruder, der als Kind von den Räubern entführt worden war und den alle für tot gehalten hatten.

Bertha und Jaromir hatten sich im Grabgewölbe der Familie verabredet, doch als Jaromir dorthin kam, traf er nur das Gespenst an. Bertha lag tot auf einem Grabstein, sie nahm nämlich Gift, als sie erfuhr, dass Jaromir ihren Vater getötet hatte. Da starb Jaromir vor Kummer, und die Gespensterfrau fand endlich Frieden, nachdem das Grafengeschlecht ausgestorben war.

Das alles war seltsam und schön, und manchmal fiel es mir schwer, sämtlichen Wendungen zu folgen, aber obwohl ich wusste, dass alles nur gespielt war, schrie ich auf, als Jaromir den Grafen mit dem Dolch niederstieß, und als er seine Geliebte tot im Grabgewölbe fand, traten mir Tränen in die Augen.
Als das Stück zu Ende war und der Kronleuchter im Zuschauerraum anging, sah ich, dass viele im Publikum weinten, obwohl all die Toten jetzt wieder auf den Beinen waren und sich für den Beifall bedankten.

»Na, wie fandest du's?«, fragte Angelique, als wir wieder in der Garderobe waren.
»Wundervoll!«, sagte ich. »Und du warst so schön!«
Sie lächelte.
»Ich mag es nicht, wenn alle am Ende sterben«, sagte sie. »Ich ziehe Stücke vor, die glücklich enden, aber das Publikum liebt es zu weinen. Man sollte meinen, sie hätten im wirklichen Leben Anlass genug dazu, zumindest das Stehplatzpublikum, aber vielleicht ist es eine Erleichterung, zur Abwechslung über anderer Leute Unglück Tränen vergießen zu dürfen.«
Als wir auf den Platz vor dem Theater hinaustraten, war er immer noch voller Menschen. Manche standen in Gruppen zusammen und redeten, einige stiegen in

ihre Kutschen und andere kamen gerade aus dem Theatergebäude. Es gab so viel zu schauen, dass ich unachtsam war und zu nah an einem großen schwarzen Pferd vorbeiging, das an einen Pfosten gebunden stand. Das Pferd scheute, schnaubte und warf den Kopf herum. Ich musste schnell zurückweichen, sonst hätte es mich mit seinen großen Hufen getreten.

»Sieh dich vor, du Gör!«, herrschte eine scharfe Männerstimme mich an. – Zuerst sah ich nur ein Paar hohe, blanke Stiefel, aber als ich den Kopf hob, erkannte ich den uniformierten Herrn vom Balkon wieder. Jetzt trug er einen Hut mit einem hohen Federbusch, und von den Schultern seines blauen Uniformrocks hingen Goldfransen herab. Um den Hals hatte er einen dünnen Lederriemen, an dem zwei schmale Messingrohre baumelten, die miteinander verbunden zu sein schienen. Das musste das Ding sein, das oben auf dem Balkon aufgeglänzt hatte, aber wozu es gut sein sollte, konnte ich mir nicht vorstellen. Der Uniformierte löste die Zügel des Pferdes von dem Pfosten. Er warf mir einen langen Blick zu und zuckte plötzlich zusammen, fast erschrocken, als hätte er ein Gespenst gesehen.

»Aus dem Weg!«, fuhr er mich an, als er den Fuß in den einen Steigbügel stellte und sich hinaufschwang. Das Pferd wieherte und machte ein paar Schritte zur Seite. Der Reiter riss unsanft an den Zügeln und klatschte dem Tier mit der kurzen Reitpeitsche auf die Stirn.

Er wollte schon wegreiten, doch da erblickte er Angelique. Sofort lüftete er den Hut und verneigte sich. Angelique lächelte und machte einen kleinen Knicks.
»Hat er gewusst, wer du bist?«, fragte ich, als Pferd und Reiter verschwunden waren.
»Er muss mich von der Bühne her wiedererkannt haben«, sagte Angelique. »Sonst würde ein Kavallerieoffizier sich nicht vor einem einfachen Mädchen wie mir verneigen. Er hat sich bestimmt vor der Grafentochter Bertha verneigt, und nicht vor Mamsell Anna-Maria Ljungberg.«
»Aber er wird doch wohl wissen, dass es Bertha nicht in Wirklichkeit gibt?«
Angelique lachte.
»Ja, natürlich weiß er das. Damit meinte ich, dass er meiner Schauspielkunst seine Hochachtung erweisen wollte, nicht meiner Person.«
Plötzlich hörte ich hinter mir einen lauten Schrei und drehte mich um. In einiger Entfernung hatten sich mehrere Leute versammelt. Sie standen im Kreis, ungefähr wie im Waisenhaus, wenn sich die Jungen dort um eine Prügelei scharten. Angelique war schon mit entschlossenen Schritten dorthin unterwegs, und mir blieb nichts anderes übrig, als ihr zu folgen, voller Neugier und gleichzeitig voller Angst.
Anfangs sah ich nichts, weil die Erwachsenen, die den Kreis bildeten, so viel größer waren als ich, doch dann

fand ich eine Lücke, durch die ich hindurchspähen konnte. In der Mitte stand ein großer, kräftiger Mann, der die graue Uniform der Stadtwache trug und einen Jungen mit festem Griff am Arm gepackt hielt. Der Junge war ungefähr in meinem Alter und genauso armselig gekleidet und mager, wie ich selbst es bis gestern gewesen war.

»Was lügst du da, du Lausebengel!«, schrie der Wächter und schüttelte den Jungen, als wäre er ein Lumpen.

»Nein, nein!«, rief der Junge. »Ich bin nicht der, den Sie suchen! Ich bin aus keinem Waisenhaus ausgerissen!«

Meine Kehle schnürte sich zu, als mir klar wurde, was passiert war: Der Waisenhausdirektor hatte mein Verschwinden der Stadtwache gemeldet, und jetzt glaubte der Wächter, dieser fremde Junge wäre ich. Zwar würde der Irrtum entdeckt werden, wenn sie zum Waisenhaus kämen, aber wenn der Junge kein Zuhause hatte, würde er vielleicht gezwungen werden, dortzubleiben.

Das war meine Schuld, weil ich ja geflohen war, und ich konnte es nicht zulassen, dass ein anderer dafür leiden musste.

»Halt!«, rief ich, ohne lang zu überlegen. »Dieser Junge kommt nicht aus dem Waisenhaus! Das weiß ich!«

Der Wächter warf einen Blick in meine Richtung, sah, dass es ein Kind war, das gerufen hatte, und scherte sich nicht weiter darum.

Da hörte ich Angeliques Stimme hinter mir:

»Lassen Sie den Jungen los! Er gehört zu unserer Theatertruppe.«

»Dieser zerlumpte kleine Kerl?«

»Er hilft uns bei allen möglichen Dingen«, fuhr Angelique ungerührt fort. »Beim Tragen und Beladen. Erledigt Besorgungen. Kriecht unter den Bühnenboden, wenn dort etwas in Ordnung gebracht werden muss. Da ist es von Vorteil, klein zu sein.«

»Sind Sie sich da ganz sicher? Haben Sie den Jungen wirklich nicht verwechselt?«

Es war dem Mann anzuhören, dass er nicht recht wusste, was er von der Sache halten sollte, aber Angeliques selbstsicherer Tonfall hatte ihn offensichtlich beeindruckt.

»Wie sollte das möglich sein? Er ist schon seit vielen Wochen bei uns. Lassen Sie ihn sofort los, sonst muss ich meinen Vater holen, den Theaterdirektor!«

Der Wachmann ließ den Arm des Jungen los, rückte seinen eigenen flachen Hut zurecht und verzog sich. Der Junge blieb stehen und rieb sich den Arm, wo er vermutlich einen blauen Fleck davongetragen hatte. Nach und nach zerstreuten sich die Umstehenden, bis nur wir drei zurückblieben: ich, Angelique und der fremde Junge.

»Na, das ist ja noch mal gutgegangen«, sagte Angelique. »Aber zum Glück hat er uns nicht nach deinem Namen gefragt, denn dann wären wir die Antwort schuldig geblieben.«

»Wir hätten einen erfinden können«, bemerkte ich. »Der Wächter hätte ja nicht gewusst, ob es der richtige ist.«
»Du bist gelehrig, Johanna«, sagte Angelique.
Dann wandte sie sich dem Jungen zu.
»Aber wie ist denn nun dein Name?«
Er antwortete nicht, sah uns nur von unten an. Angelique wiederholte ihre Frage.
»Wie heißt du?«
»Sag ich nicht.«
Die Stimme des Jungen klang mürrisch und verriet keine Spur von Dankbarkeit, dass wir ihn gerettet hatten. Angelique sah ihn erstaunt an.
»Aber warum denn nicht?«
»Leute wie ihr«, sagte der Junge. »Bessere Leute. Euch kann man nicht trauen.«
Dann drehte er sich um und lief auf eine der Gassen zu, die in den Platz mündeten. Ich blieb neben Angelique stehen und folgte der mageren Gestalt mit den Augen. In mir stieg ein eigenartiges Gefühl auf. Obwohl der Junge so unfreundlich gewesen war, hätte ich mir gewünscht, dass er geblieben wäre, um sich mit mir zu unterhalten.
Kurz bevor der Junge von dem dunklen Schlund der Gasse verschlungen wurde, wandte er den Kopf und rief laut, dass es zwischen den Hauswänden hallte:
»Gustav! Gustav heiße ich, wenn ihr das unbedingt wissen müsst!«

Fünftes Kapitel

DIE KARTEN

Seit ich mich erinnern konnte, war jeder Tag genau wie der vorige verlaufen, bis auf die Sonntage – da mussten wir Waisenhauskinder weder arbeiten noch zur Schule gehen, stattdessen besuchten wir mitten am Tag den Gottesdienst und lauschten vor dem Abendessen der Bibellesung. Nichts hatte sich jemals verändert, erst jetzt, da war alles plötzlich auf den Kopf gestellt worden. Statt eines geteilten Betts im Schlafsaal hatte ich jetzt meinen eigenen Schlafplatz in Angeliques Zimmer; statt grauer Grütze und hartem Brot wie im Waisenhaus aß ich Weißbrot mit Butter und Käse zum Frühstück, und ich wurde nicht mehr gescholten und bedroht, sondern bekam freundliche, ermunternde Worte zu hören.

Arbeiten musste ich zwar – wenn man das überhaupt als Arbeit bezeichnen konnte: für Angelique und die anderen Mitglieder der Theatertruppe kleine Besorgungen ausführen, Angelique und ihrer Mutter beim An- und Auskleiden behilflich sein, eine aufgegangene Naht wieder zunähen oder einen Knopf, der locker geworden war, wieder befestigen. Ich hatte nie nähen gelernt, wie ich es getan hätte, wenn ich ein Mädchen gewesen wäre, aber meine Finger hatten geübt, Garn zu spinnen, und gewöhnten sich schnell an die neuen Griffe. Verglichen mit der Plackerei im Spinnsaal war das, was Angelique meine Arbeit nannte, eher ein Spiel. Das Einzige, was ich gelegentlich vermisste, war die Schule, aber andererseits lernte ich jeden Tag etwas Neues, und die Geschichten, die von den Schauspielern auf der Bühne dargestellt wurden, waren sehr viel spannender und bewegender als die trockenen Moralpredigten im Lesebuch.

Eine einzige Sache fiel Angelique an der Schauspielerei schwer, nämlich den Text auswendig zu lernen. Manchmal warf sie das Buch oder das Rollenheft ungeduldig von sich und erklärte, sie habe es satt, eine Menge Blödsinn aufzusagen. Wie sie in ihren Rollen stehen, gehen, sich bewegen, lächeln oder weinen sollte, schien für sie ganz natürlich zu sein, nur das Auswendiglernen war ein Problem. Mir dagegen fiel das leicht, und oft konnte ich ihren Text besser als sie selbst, nachdem ich ihr ein paarmal beim Aufsagen zugehört hatte.
»Du brauchst gar nicht lesen zu können, um im Souffleurkasten zu sitzen«, sagte Angelique lachend. »Wenn

du dir das Stück nur ein einziges Mal anschaust, kannst du ja den Text aller Mitwirkenden auswendig.«

Das nächste Stück, das zur Aufführung kommen sollte, handelte von einem jungen, schönen, elternlosen Mädchen namens Coelina, das von seinem Vater ein großes Erbe bekommen hatte. Der Bruder ihres Vaters war ihr Vormund und verwaltete das Geld, bis sie heiraten würde. Um an das Erbe zu kommen, wollte der Onkel sie zwingen, seinen Sohn zu heiraten, der sowohl dumm als auch böse war, obwohl sie insgeheim einen anderen jungen Mann liebte. Nach vielem Hin und Her tauchte ihr Vater auf, er war gar nicht tot, wie alle angenommen hatten. Der Onkel und dessen Sohn wurden aus dem Haus gejagt, und Coelina durfte den jungen Mann, den sie liebte, heiraten.

Am Ende des Stücks gab es keine Toten, man hätte also meinen sollen, es würde Angelique besser gefallen als das von Bertha und Jaromir. Aber sie war mit der Rolle unzufrieden und behauptete, Coelina sei eine dumme Gans. Noch mehr missfiel ihr natürlich die Tatsache, dass Herr Björkegren den Helden spielte, wohingegen Kristoffer die Rolle des hinterhältigen Cousins bekommen hatte. Das Gegenteil wäre viel passender gewesen, bemerkte sie empört.

Das Stück über Coelina wurde drei Mal aufgeführt und war jedes Mal ausverkauft, doch als darauf ein historisches Drama folgte, blieb der Zuschauerraum halb leer, und Angeliques Vater beschwerte sich, die Leute in der Stadt seien zu faul und oberflächlich, um sich für ernsthafte Dinge zu interessieren.

»Sie wollen entweder lachen oder weinen oder sich gruseln«, sagte er. »Für etwas Anspruchsvolleres sind sie zu engstirnig.«

»Mach das Publikum nicht so schlecht«, sagte Frau Ljungberg, Angeliques Mutter. »Schließlich leben wir von ihm!«

Immerhin schien es eine Person in der Stadt zu geben, die alles, was im Theater aufgeführt wurde, offensichtlich zu schätzen wusste. Auf einem der besten Balkonplätze tauchte jeden Abend dieses gewisse Funkeln auf. Einmal sah ich, wie Angelique nach der Vorstellung vor dem Theater stand und sich mit dem uniformierten Herrn unterhielt. Sie hatte mich losgeschickt, um etwas zu holen, was sie in der Garderobe vergessen hatte, und als ich zurückkam, waren beide in ein Gespräch vertieft, das im selben Moment verstummte, als ich bei ihnen ankam. Danach verabschiedete sich der Herr mit einer kurzen Verbeugung, bestieg sein Pferd und ritt davon. Ich hätte gern gefragt, worüber sie sich unterhalten hatten, traute mich aber nicht, sondern sagte lieber:

»Was ist das für ein Ding, das er um den Hals hat?«

»Ein Fernglas«, sagte Angelique. »Um besser zu sehen.«

»Wie denn?«

»Es vergrößert das, worauf man es richtet«, erklärte Angelique. »In Frankreich verwenden die vornehmen Leute solche Ferngläser im Theater, das hat Mamsell Henriksson erzählt. Hier bei uns ist das nicht so üblich. Aber das Militär benützt Ferngläser zum Spähen, wahrscheinlich ist das der Grund, warum der Herr Rittmeister eins hat.«

Ohne recht zu begreifen, warum, erfüllte mich ihre Erklärung mit Unbehagen.

Als ich das nächste Mal zwischen den Kulissen stand, bildete ich mir ein, der Offizier richte sein Fernglas auf mich und spähe hinter mir her. Ein lächerlicher Gedanke, sagte ich mir. Natürlich sei es meine eigene Angst davor, erkannt zu werden, die so dumme Ideen in meinem Kopf erzeugte.

Mein neues Leben war wunderbar, aber manchmal hatte ich das Gefühl, auf einem dünnen Faden zu balancieren, von dem ich jederzeit abstürzen könnte. Auf den Straßen sah ich mich ängstlich um, weil ich befürchtete, jemand aus dem Waisenhaus könnte mich sehen und erkennen. Den Stadtwächtern in ihren grauen Uniformen ging ich aus dem Weg, obwohl sie kaum vermuten würden, das Mädchen in dem rot karierten Kleid sei in Wirklichkeit ein durchgebrannter Junge aus dem Waisenhaus. Die Veränderung in meinem Dasein baute ja auf einer Lüge. In diesem neuen Leben war ich in den Augen meiner Umgebung ein Mädchen. Sollte es mir nicht gelingen, diese Rolle überzeugend genug zu spielen, wäre alles aus.

Eines Abends, als keine Vorstellung war, sagte Angelique: »Ich geh jetzt zu Mamsell Henriksson hoch und frage sie, ob sie mir einen Stern legt. Willst du mitkommen?«

Ich musste an die kleinen Papierzettel denken, die Karten, die Mamsell Henriksson auf dem Tisch ausgebreitet hatte.

»Ja, gern«, antwortete ich.

Draußen vor dem einzigen Fenster der Dachkammer war schon blaue Dämmerung. Doch die Mamsell hängte die Fensterscheibe dennoch mit einem schwarzen Tuch zu und zündete eine Kerze an. Angelique setzte sich ihr gegenüber an den kleinen Tisch. Ich durfte auf dem Bett Platz nehmen.

Mamsell Henriksson faltete das schwarze Seidentuch auseinander und begann die Karten sorgfältig zu mischen.

»Bist du bereit?«, fragte sie.

Angelique nickte mit ernstem Gesicht.

Ich sah, wie Mamsell Henrikssons Hände sich über den Tisch bewegten, als sie die Karten zu einem Muster legte. Aber weil sie mich ermahnt hatte, die Karten nicht anzuschauen, richtete ich meinen Blick danach lieber auf Angelique. Sie biss sich gerade auf die Lippe, als beunruhige sie der Gedanke an das, was sie zu hören bekommen würde.

Die beiden Frauen beugten sich über den Tisch und schienen ihre volle Aufmerksamkeit auf die Karten zu konzentrieren. Dann begann Mamsell Henriksson zu reden, aber so leise, dass ich die einzelnen Worte nicht unterscheiden konnte. Ich sah, wie der Ausdruck auf Angeliques schönem Gesicht wechselte, genau wie wenn sie auf der Bühne stand: Freude, Rührung, Angst und Trauer spiegelten sich in ihren Augen und ihrem Mienenspiel.

Eine Zeit lang beobachtete ich Angelique, doch dann begann mein Blick durch das kleine Zimmer zu wandern. Auf einem Regal neben dem Bett stand eine Art Rolle aus farbiger Pappe. Ich überlegte, was das wohl sein mochte, traute mich aber nicht zu fragen, weil ich nicht stören wollte. Mamsell bemerkte meinen Blick und sagte:

»Das ist ein Kaleidoskop, ein Spielzeug für das Auge. Halte es gegen das Licht, dann bekommst du etwas Wundervolles zu sehen.«

Ich holte die Papprolle und sah, dass sich an dem einen Ende ein Loch befand. Als ich das Loch ans Auge hielt und die Rolle gegen die Kerzenflamme richtete, erschien ein leuchtendes Muster in vielen Farben. Ich betrachtete es und wunderte mich, wie all dieses Schöne in der schmalen Rolle Platz finden konnte, doch dann bewegte ich versehentlich die Hand und drehte die Rolle dabei ein Stück weiter. Das Muster zerfiel und verwandelte sich in einen Wirrwarr aus Farben, und kurz dachte ich, ich hätte das schöne Spielzeug der Mamsell zerstört, doch da ordneten sich die Farben schon erneut zu einem Muster, das ganz anders war als das, welches ich zuerst gesehen hatte.

Verblüfft und entzückt drehte ich die Rolle immer weiter und sah neue Muster entstehen, eines schöner als das andere. Ich vergaß fast, dass ich nicht alleine im Zimmer war, so sehr fesselte mich dieses Spiel.

Plötzlich stand Angelique auf und fegte die Karten mit einer heftigen Handbewegung weg.

»Nein!«, rief sie. »Nein, nein, nein! Das würde ich nie tun! Den einen, der mich am meisten liebt, verraten, nein, niemals!«

Mamsell Henriksson hob eine Karte auf, die auf den Boden gefallen war. Ich glaubte zu sehen, dass das Bild einen Reiter zu Pferd darstellte.

»Die Karten lügen nicht«, sagte die Mamsell. »Sie wissen mehr als wir. Sie wissen Dinge, die wir selbst nicht über uns und andere wissen wollen, aber wenn wir auf sie hören, können wir das Schicksal verändern, das sie uns ankündigen – falls wir den Mut haben, uns selbst zu ändern.«

»Mag ja sein, dass die Karten nicht lügen«, versetzte Angelique erregt, »aber man kann sie doch falsch deuten, oder?«
Mamsell Henriksson antwortete nicht, sondern sah sie nur ruhig an.
»Das kann ich jedenfalls nicht glauben!«, rief Angelique aus.
»Glaube, was du willst, mein Kind. Und begehe deine Irrtümer, wenn du das musst.«
»Komm, Johanna, wir gehen jetzt!«
Angelique klang verstimmt. Ich zögerte. Hatte Mamsell Henriksson nicht versprochen, mir auch einen Stern zu legen? Doch das hatte Angelique offenbar vergessen, und die Mamsell vielleicht ebenfalls. Ich war zu schüchtern, um es zu erwähnen, daher stellte ich das Kaleidoskop zurück und begann auf die Türöffnung zuzugehen, wo Angelique schon ungeduldig wartete.
»Einen Augenblick«, sagte Mamsell Henriksson. »Ich habe der kleinen Johanna doch versprochen, ihr auch einen Stern zu legen. Möchtest du, dass ich das jetzt tue?«
Die Freude darüber, dass sie ihr Versprechen nicht vergessen hatte, stieg wie eine warme Welle in mir auf und brachte meine Wangen zum Erröten.
»Na, dann bleib eben«, sagte Angelique. »Ich geh schon mal voraus.«
Sie schlug die Tür hinter sich zu und ließ mich in dem dunklen Zimmer allein mit Mamsell Henriksson zurück.

»Komm her«, sagte die Mamsell mit ihrer leisen, heiseren Stimme. »Setz dich hierher auf den Stuhl.«

Ich nahm auf dem Stuhl Platz, auf dessen Sitz Angeliques Wärme noch zu spüren war. Eine eigenartige Spannung ließ mich erzittern, nicht äußerlich, sondern tief im Innern, in der Brust und in der Kehle.

»Bist du bereit?«

»Ja.«

Ich wusste nicht, was es war, worauf ich mich vorbereiten sollte, aber ich spürte, dass es etwas Bedeutendes war.

Mamsell Henriksson sammelte die Karten ein, hüllte sie in das schwarze Tuch, holte sie wieder heraus und mischte sie. Dann legte sie sechs Karten zu einem symmetrischen Muster vor sich auf den Tisch: zwei oben, zwei darunter, eine links davon und eine rechts. Alle lagen mit der gemusterten Rückseite nach oben und sahen gleich aus.

»Dies ist das Muster deines Lebens«, sagte Mamsell Henriksson. »Jede Karte beantwortet eine Frage, und alle zusammen erzählen dir das, was du jetzt gerade wissen musst. Hast du das verstanden?«

Ja, das glaubte ich verstanden zu haben. Ich nickte als Antwort. Langsam drehte Mamsell Henriksson die Karte um, die links außen lag. Das Bild stellte ein Gebäude dar, das an eine Scheune oder einen Schuppen erinnerte. Vor dem Gebäude war ein großes Schwein zu sehen, im Hintergrund ein hoher Baum. Zwischen dem Baum und dem Gebäude flog ein Vogel, der wohl soeben aus der Baumkrone abgehoben hatte.

»Diese Karte erzählt, woher du kommst«, sagte die Mamsell. »Ein Bauerndorf draußen vor der Stadt, war es nicht so?«

Ich traute mich nicht zu sagen, dass das eine Lüge war, denn dann würde meine ganze zusammenfabulierte Geschichte wie ein Kartenhaus zusammenfallen. Eigentlich konnte das Gebäude ohne Weiteres das Waisenhaus darstellen, und der Baum war natürlich der, auf den ich geklettert war, um zu fliehen. Der Vogel war bestimmt der Kuckuck, der erst gerufen hatte und dann voraus über den Zaun geflogen war. Aber was das Schwein dort zu suchen hatte, verstand ich nicht.

»Weiter«, sagte Mamsell Henriksson. »Jetzt sehen wir mal, wer dir hilft.«

Sie drehte die linke der beiden oberen Karten um. Ein großer Vogel mit halb ausgebreiteten Flügeln balancierte ganz außen auf einem Ast. Er schien sich sogleich in die Luft hinausschwingen zu wollen. Als ich die Karte genauer betrachtete, sah ich im Hintergrund die Silhouette einer Stadt, mit Häusern und hochragenden Bootsmasten.

Schon wieder der Kuckuck, dachte ich, und tatsächlich stand oben auf der Karte *Cucu*.

Ja, der Kuckuck hatte mir geholfen, den Sprung zu wagen, aber dennoch war ich ein bisschen enttäuscht. Was konnte ein Vogel schon für einen Menschen ausrichten? Würde ich keinen stärkeren Helfer brauchen?

Es war, als hätte Mamsell Henriksson meine Gedanken hören können, sie sagte nämlich:

»Man sollte die Karten nicht nur auf die vordergründigste Art deuten. Ein Bild kann für viele Dinge gleichzeitig stehen. Woran denkst du, wenn du die Flügel des Vogels siehst?«

Flügel! Ich hatte fast vergessen, was ich gedacht hatte, als ich Angelique zum ersten Mal in ihrer Garderobe sah: dass sie ein Engel sei und ich ihre Flügel sehen wolle. Der große Vogel war der Kuckuck im Baum, aber er war auch Angelique, mein Engel und meine Helferin. Und die Stadt, die hatte sie mir eröffnet.

»Ich sehe, dass du es weißt«, sagte Mamsell Henriksson. »Du brauchst mir nicht zu erzählen, wer es ist. Aber erschrick jetzt bitte nicht, denn jetzt wollen wir schauen, wer dich zu hindern versucht.«

Und damit drehte sie die Karte um, die direkt unterhalb der Vogelkarte lag.

Unwillkürlich schrie ich kurz auf, als ich sah, welche Karte das war: der Reiter zu Pferd, dieselbe Karte, die auf den Boden gefallen war, als Angelique sich vorhin so aufgeregt hatte. Der Reiter auf dem Bild trug eine Uniform mit Fransen an den Schultern, auf dem Kopf hatte er einen Hut mit einem Federbusch. In der Hand hielt er einen Degen, von seinem Gürtel hing die dazugehörende Scheide herab. Das große dunkle Pferd schien sich nur schwer zügeln zu lassen, und das Gesicht des Reiters trug einen grimmigen Ausdruck.

Das war ja dieser Uniformierte mit dem Fernglas! Ein Offizier der Kavallerie, hatte Angelique gesagt, und hier stand tatsächlich: *Cawal.*

»Du weißt bereits, wer das ist«, sagte Mamsell Henriksson, und das war keine Frage, sondern eine Feststellung. »Nimm dich vor ihm in Acht. Bist du für die nächste Karte bereit?«

Ich nickte. Die Mamsell legte die Hand auf die Karte neben der Reiterkarte, unten rechts in dem Kreis der sechs Karten.

»Diese Karte«, sagte sie, »erzählt, wer du bist.«

Ich verstand gar nichts. Die drei Karten, die ich bisher gesehen hatte, waren nicht schwierig zu deuten gewesen. Aber diese? Was mochte das nur sein?

Ein seltsamer Bursche mit lachendem Gesicht stand auf einem karierten Boden. Mit der einen Hand deutete er auf den rechten Rand der Karte, während er in der anderen etwas hochhielt, das eine Flasche sein konnte oder vielleicht etwas ganz anderes. Seine Kleidung war auch äußerst eigenartig: karierte Hosen, eine kurze Jacke mit einem großen gefältelten Kragen, der über den Schultern lag, und auf dem Kopf eine Mütze mit zwei gekrümmten Hörnern.

»Das hier ist Harlekin«, erklärte Mamsell Henriksson. »Er hat viele gute Eigenschaften. Er ist einfallsreich und weiß, wie man mit schwierigen Situationen fertig wird. Wenn es nötig ist, kann er lügen und sich verstellen, aber im tiefsten Innern ist er den Menschen gegenüber, die er liebt, aufrichtig und treu. Muss ich noch mehr sagen?«

Ich schüttelte den Kopf.

»Wir werden gleich sehen, worauf er deutet«, sagte die Mamsell. »Auf die letzte Karte, die uns zeigen wird, wohin du unterwegs bist. Aber zuerst noch diese hier, die sagt, wer du sein wirst.«

Sie drehte die Karte um, die oberhalb der Harlekinkarte lag. Das Bild zeigte einen Mann, der genau wie der Reiter einen federgeschmückten Hut trug. Doch dieser Mann saß nicht hoch zu Ross, sondern stand auf einer Straße in einer Stadt, mit Häusern und Schiffsmasten im Hintergrund, und sein Gesicht sah jünger und freundlicher aus als das des Reiters.

Gegen diese Karte hatte ich nichts einzuwenden. Aber ich konnte mir nicht vorstellen, wie sie etwas mit mir oder meiner Zukunft zu tun haben könnte. Vielleicht meinte die Karte, dass das Mädchen Johanna später einen stattlichen jungen Mann heiraten würde? Oder wussten die Karten, dass Johanna in Wirklichkeit Johan hieß und zu einem Mann heranwachsen würde? Mamsell Henriksson konnte das ja wohl nicht wissen, oder?

»Die Zukunft«, sagte sie, »über die sollte man sich nicht allzu sehr den Kopf zerbrechen. Man kann sich daran erinnern wie an einen Traum. Und die Vergangenheit sollte man immer mit sich tragen, ohne die Last zu schwer werden zu lassen. Lass uns mal sehen, wohin du unterwegs bist.«

Sie drehte die letzte Karte um. Ich sah ein großes, prächtiges Gebäude mit Säulen, die einen Balkon im Obergeschoss trugen. Vor dem Haus bewegten sich kleine Figuren: spazieren gehende Paare, zwei einzelne Herren, ein Reiter zu Ross, ein Bauer, der einen Karren fuhr, und mehrere spielende Kinder.

Führte mein Weg dorthin? Zu so einem herrschaftlichen Haus? Und was waren das für Menschen, die ich da sah?

Ich schielte zu Mamsell Henriksson hinauf, wusste aber bereits, dass sie mir keine Antwort geben würde, wenn ich diese Frage an sie richtete.

»So, das wär's«, sagte sie. »Ich glaube, du hast das erfahren, was du wissen musst. Jetzt musst du gehen, ich bin müde und brauche Ruhe.«

Sie sammelte die Karten in dem schwarzen Seidentuch ein. Ich war schon halbwegs aufgestanden, als Mamsell Henriksson zu mir aufsah und bemerkte:

»Du bist nicht die Person, die du zu sein scheinst. Aber du bist auch nicht die Person, für die du dich hältst.«

»Wer bin ich dann?«

Die Worte entschlüpften mir, bevor ich sie daran hindern konnte. Natürlich hätte ich leugnen müssen, eine andere Person zu sein als die, für die ich mich ausgab. Aber gleichzeitig wusste ich, dass Mamsell Henriksson mich nicht verraten würde, selbst wenn sie hinter mein Geheimnis gekommen wäre.

»Das weiß ich nicht. Aber du wirst es erfahren, wenn du dich darum bemühst, außer dem Sichtbaren auch immer das zu sehen, was nicht sichtbar ist. Nicht nur das, was offen zutage liegt, sondern auch das, was im Dunkeln verborgen liegt, dort, wohin kein Licht dringt. Diese Gabe hast du, das weiß ich.«

Was meinte sie damit? Ich wollte sie fragen, aber inzwischen hatte die Mamsell die Augen geschlossen und schien zu schlafen, obwohl sie immer noch aufrecht auf ihrem Stuhl saß.

»Geh jetzt«, murmelte sie, und ich gehorchte.

Sechstes Kapitel

DER JUNGE

In den folgenden Tagen dachte ich viel an die Karten und an das, was Mamsell Henriksson gesagt hatte. Manche Dinge erschienen mir ganz klar, wie zum Beispiel, dass Angelique mein hilfreicher Engel war. Anderes war eher dunkel. Ich zweifelte nicht daran, dass der Reiter auf der Karte dieselbe Person war wie der Offizier mit dem Fernglas, und es fiel mir nicht schwer zu glauben, dass dieser Mann möglicherweise finstere Absichten hegte. Aber warum sollte ein feiner Herr wie er sich überhaupt für ein kleines Mädchen interessieren, das ihm nichts Böses getan hatte?

Noch schwieriger zu deuten waren die drei letzten Karten: wer ich war, wer ich werden würde und der Ort, zu dem ich unterwegs war.

Eigentlich konnte und wollte ich mir nicht vorstellen, dass ich irgendwohin unterwegs war, außer in die nächste Stadt, in welche die Tournee die Theatertruppe führen würde. Mein Leben war besser, als es jemals gewesen war; es war besser geworden, als ich zu hoffen gewagt hatte, und ich wollte nicht, dass es jemals wieder anders werden sollte. Gleichzeitig sah ich natürlich ein, dass es für einen elfjährigen Jungen einfach war, in die Rolle eines Mädchens zu schlüpfen. Aber mein Körper und meine Stimme würden sich früher oder später verändern, und dann wäre die Täuschung unmöglich. Doch dann, überlegte ich, nachdem ich mehrere Jahre zur Ljungberg-Truppe gehört hätte, würde ich es vielleicht wagen, zu gestehen, wer ich war, und sie würden mir verzeihen, dass ich sie hinters Licht geführt hatte, und mich trotzdem bei sich behalten.

Eines Vormittags schickte Mamsell Henriksson mich zum Zuckerbäcker, um einen Karton mit Keksen und Plätzchen, die sie bestellt hatte, abzuholen. Ich ließ das Gebäck wie immer auf Mamsell Henrikssons Rechnung anschreiben und machte mich mit dem Karton auf den Rückweg. Wie meistens war ich in Gedanken über die vielen Fragen, die mich beschäftigten, versunken und daher nicht allzu aufmerksam. Da schoss jemand plötzlich aus einer Gasse hervor, stieß mich an und riss mir den Karton mit dem Gebäck aus den Händen.

Wer in einem Waisenhaus aufgewachsen ist, hat lernen müssen, schnell zu reagieren. Ich raffte meine lästigen Röcke und rannte hinterher.

In Windeseile ging es durch Gassen, über Hinterhöfe und um Hausecken. Der andere war mir stets ein paar Meter voraus, aber mein Abstand schrumpfte, und schließlich, als wir gerade um eine Ecke bogen, holte ich ihn ein. Dass ich ein Mädchen war, hatte ich inzwischen vergessen, und auch dass sonst ich derjenige war, der Prügel einstecken musste. Ich warf mich einfach über den Jungen und zerrte wie wild an seinem Kittel.

»Gib mir den Karton!«, schrie ich. »Gib mir das Gebäck zurück!«

Der Junge versuchte, mich mit einer heftigen Bewegung abzuschütteln, aber stattdessen glitt ihm der Kuchenkarton aus den Händen. Wir fielen beide um und rollten über den Boden.

»Lass mich los!«, keuchte der Junge. »Ich prügel mich nicht mit Mädchen.«

Also ließ ich ihn los und setzte mich auf. Ich hatte mir die Knie aufgeschlagen und die Hände aufgeschürft, aber was mir Tränen in die Augen trieb, war der Anblick des feinen Gebäcks, das über die schmutzigen Pflastersteine verstreut lag. Ein paar Plätzchen waren noch heil, aber die meisten waren zerbrochen oder zerkrümelt.

Vor Erregung vergaß ich fast die Anwesenheit des anderen Jungen. Doch dann sah ich, wer es war: derselbe Junge, der statt meiner von dem Stadtwächter festgenommen worden war. Der Junge mit dem Namen Gustav.

»Was ist?«, fragte der Junge. »Hast du dir wehgetan? Für ein Mädchen schlägst du dich gar nicht so schlecht!«
»Na, was glaubst du wohl?«, fauchte ich zurück. »Und schau dir mal Mamsell Henrikssons Plätzchen an, jedes einzelne zerbrochen!«
Gustav behielt seinen freundlichen Tonfall bei.
»Ja, wirklich zu dumm«, gab er zu. »Ist Mamsell Henriksson sehr jähzornig? Kriegst du jetzt eine Ohrfeige, wenn du nach Hause kommst? War das etwa Mamsell Henriksson, die neulich abends bei dir war?«
Als Gustav versuchte, Angelique mit dem Namen von Mamsell Henriksson zu versehen, musste ich dann doch lachen. Unterschiedlicher konnten zwei Personen wohl kaum sein.
»Nein, nein«, sagte ich. »Mamsell Henriksson ist alt. Aber jähzornig ist sie nicht.«
Doch dann merkte ich, dass dies immer noch kein gerechtes Bild von Mamsell Henriksson vermittelte, und fügte schnell hinzu: »Sie weiß Dinge, von denen andere Menschen nichts wissen. Und kann andere dazu bringen, das zu sehen, was sie selbst sieht.«
»Dann wird sie bestimmt verstehen, dass das mit dem Gebäck ein Missgeschick war, für das du nichts kannst. Obwohl du eigentlich besser achtgeben solltest, wenn du draußen umherspazierst. Soll ich dir helfen, die Plätzchen wieder einzusammeln? Manche sind trotz allem noch ganz.«

Natürlich war mir klar, dass Mamsell Henriksson keine Plätzchen essen wollte, die auf der Straße gelegen hatten, aber ohne zu wissen, warum, wollte ich Gustav noch hierbehalten. Wir hockten uns hin und sammelten die Plätzchen ein, die nicht ganz zerbrochen waren, und legten sie in den Karton zurück. Einmal streiften unsere Hände einander, als wir beide gleichzeitig ein Plätzchen hineinlegten, und da begann es kurz in meiner Hand zu kribbeln, als wäre sie eingeschlafen gewesen und jetzt würde das Gefühl langsam wieder in sie zurückkehren. Schließlich lagen nur noch Krümel auf der Straße, und Gustav bemerkte:

»Tja, jetzt haben wir getan, was wir konnten. Grüße die Mamsell und sag, dass es meine Schuld war.«

Erst da fiel mir wieder ein, wie das Ganze angefangen hatte: Gustav hatte mir den Karton mit dem Gebäck aus den Händen gerissen.

»Du hast mir die Plätzchen weggenommen!«, beschwerte ich mich. »Das ist Diebstahl!«

»Ja, und?«

Dass Gustav das so sagte, als wäre es das Natürlichste auf der Welt, entsetzte mich. Das widersprach allem, was ich im Waisenhaus gelernt hatte.

»Du sollst nicht stehlen!«, antwortete ich aufgebracht. »Kennst du die Gebote Gottes nicht?«

Gustav lachte.

»Die Gebote der Reichen, meinst du wohl«, sagte er.

»Wer hat denn etwas, das gestohlen werden kann? Die Reichen. Und wer ist es, der stiehlt? Die Armen.«

»Wer sagt das?«

»Mein Stiefvater. Dumm ist der nicht, und auch nicht besonders böse, das heißt, wenn er nüchtern ist. Nur schade, dass er das so selten ist.«

In meinem Kopf ging alles durcheinander. Dass jemand so etwas sagen konnte! Dass die christlichen Gebote eine Erfindung waren, um die Armen daran zu hindern, den Reichen ihre Reichtümer wegzunehmen. Der Gedanke machte mir Angst, hatte aber auch etwas Verlockendes. Ohne nachzudenken hielt ich Gustav den Karton mit den Gebäckresten hin.

»Nimm ihn«, sagte ich. »Mamsell will sowieso kein Gebäck, das auf der Straße gelegen hat. Und dann brauchst du heute wenigstens nichts mehr zu stehlen.«

»Danke. Hoffentlich regt sich die Mamsell nicht über dich auf.«

»Das tut sie nicht.«

Gustav stand auf, um zu gehen. Gleich würde er verschwunden sein, und vielleicht würden wir uns nie mehr sehen. Das machte mich traurig. Aber er entfernte sich nicht sofort, sondern zögerte und sah mich mit einem Gesichtsausdruck an, den ich nicht deuten konnte.

»Besuch mich doch mal, wenn du Lust hast«, sagte er. »Ich wohne am Flussufer unter einem umgedrehten Boot.«

»Unter einem Boot?«
»Solange es draußen warm ist, geht das gut. Im Herbst werde ich mir etwas anderes überlegen müssen.«
»Hast du denn kein Zuhause?«, fragte ich.
»Nein«, antwortete Gustav. »Jetzt nicht mehr. Ich bin nämlich von meinem Stiefvater und der Fabrik ausgerissen.«
»Von welcher Fabrik?«
»Von der Spinnerei am Fluss. Kennst du die?«
Am liebsten hätte ich ihm erzählt, dass ich auch in einer Spinnerei gearbeitet hatte, in meinem alten Leben, doch das ging natürlich nicht. Niemand durfte erfahren, woher ich kam. Also sagte ich nur:
»Hat man dich gezwungen, dort zu arbeiten?«
Gustav nickte.
»Mein Stiefvater hat mich dorthin geschickt, als ich neun Jahre alt war. Er hatte es satt, für mich zu sorgen, nachdem meine Mutter gestorben war. Wir Kinder mussten in den Spinnsälen schlafen.«
Ich dachte an meine Nacht im Spinnsaal des Waisenhauses und erschauerte.
»Aber der Lohn, den ich jeden Samstag bekam, den musste ich meinem Stiefvater abliefern«, fuhr Gustav fort. »Nur dann war ich zu Hause willkommen. Als die Stadtwache mich neulich abends festgenommen hat, dachte ich natürlich, mein Stiefvater hätte sie mir auf den Hals geschickt. Aber sie haben ja einen anderen ge-

sucht, einen, der aus dem Waisenhaus geflohen ist. Das Boot liegt auf dem anderen Flussufer, direkt neben der alten Brücke. Komm morgen früh, bevor es acht Uhr schlägt. Dann bin ich da.«

Am nächsten Morgen schlich ich mich hinaus, während Angelique noch schlief. Unten am Ende der Treppe schnürte ich mir die Schuhe, öffnete das Tor und machte einen Schritt hinaus auf die Straße. Es war ein schöner Maimorgen, am klarblauen Himmel hingen nur vereinzelte Wölkchen. Ein Bauer fuhr mit Pferd und Karren vorbei, hoch auf seiner Heufuhre thronend. Eine Frau schüttelte am offenen Fenster Bettzeug aus. Aus einem anderen Fenster drangen Säuglingsgeschrei und eine Frauenstimme, die beruhigend auf das Kind einredete.
Wieder einmal dachte ich: Es gibt eine ganz andere Welt. Eine Welt, die es zu entdecken gilt. Und ich bin ein Teil davon.
Schnell lief ich zum Fluss hinunter und nahm bereits den Geruch von Wasser wahr, bevor ich das Funkeln der Wellen sah. Die Häuser am Flussufer schienen sich direkt aus dem Wasser zu erheben, so dicht an den Rand waren sie gebaut.
An klapprigen Stegen lagen kleinere Boote vertäut, und weiter draußen in Richtung Flussmündung erhoben

sich die Masten der größeren Schiffe. Unter der Brücke lärmte eine Entenschar, während ein Schwanenpaar würdevoll vorbeischwamm.
Die Brücke war ein niedriger Gewölbebogen, aus Steinen errichtet, die grün von Moos waren. Kaum hatte ich die Brücke überquert, sah ich schon den schwarzen Bootsrumpf, zur Hälfte zwischen Büschen verborgen.
Weder Gustav noch sonst irgendjemand ließ sich blicken. Vielleicht schlief er noch in seinem Versteck? Ich trat näher hin und merkte, dass es stark, aber nicht unangenehm nach Teer roch. Dann ging ich in die Hocke und spähte unter den Rand des umgedrehten Bootes.
In den Hohlraum, den der Bootsrumpf bildete, sickerte zwischen den Bootsbrettern nur wenig Licht durch vereinzelte Ritzen herein. Aber es war hell genug, um feststellen zu können, dass niemand sich dort befand. Bis auf einen alten Teppichrest, der auf der Erde ausgebreitet lag, und ein paar Gegenstände, die ich nicht genau erkennen konnte, war es leer.
Die Enttäuschung schnürte mir die Kehle zu. »Komm morgen früh, bevor es acht schlägt«, hatte Gustav gesagt. Jetzt war ich hier, die Turmuhr hatte sieben Mal geschlagen, während ich unterwegs war, aber Gustav war schon fort. Hatte er unsere Verabredung vergessen? Plötzlich schoss mir ein anderer Gedanke durch den Kopf: Womöglich hatte Gustav sich gar nicht freiwillig auf den Weg gemacht? Wenn die Stadtwache ihn er-

wischt und zu seinem Stiefvater oder zum Waisenhaus geschleppt hatte? Dann würden wir uns wahrscheinlich nie mehr wiedersehen.
Während all der Jahre im Waisenhaus hatte ich nie einen richtigen Freund gehabt, einen, auf den ich mich verlassen und dem ich mich anvertrauen konnte. Ich hatte beobachtet, wie andere Kinder zu zweit im Hof herumgingen und sich unterhielten, ich hatte gesehen, wie eine Gruppe Jungen sich öffnete, um einen Neuankömmling hereinzulassen, wie sie ihm zuhörten und über seine Scherze lachten. Ich selbst war immer ausgeschlossen gewesen. Daran hatte ich mich gewöhnt und schließlich hatte ich kaum noch daran gedacht.
Aber jetzt, nachdem ich Gustav begegnet war, hatte ich gespürt, dass es vielleicht einen Menschen auf der Welt gab, der mein Freund werden könnte. Ein Freund, mit dem ich alles teilen könnte, vielleicht sogar das Geheimnis, wer ich wirklich war.
Hätte ich das gewagt? Hätte ich Gustav erzählen können, dass ich in Wirklichkeit ein Junge war, und zwar genau dieser Ausreißer aus dem Waisenhaus, hinter dem die Stadtwächter an jenem Abend her waren, als wir uns zum ersten Mal begegnet waren? Hätte Gustav mein Geheimnis bewahren können?
Das würde ich wohl nie erfahren, dachte ich, als ich so neben dem nach Teer duftenden Bootsrumpf hockte und mich einsamer fühlte als je zuvor.

Da raschelte es kurz im Gebüsch. Ich hob den Kopf und sah Gustavs lächelndes Gesicht über mir auftauchen.
»Aha, du bist schon hier!«
»Wo bist du gewesen?«, brachte ich heraus und hörte, dass meine Stimme leicht brüchig klang.
»Hab meine Notdurft verrichtet«, erklärte Gustav. »Und mich mit Flusswasser gewaschen. Schließlich muss man sich ein bisschen Mühe geben, wenn Besuch kommt.«
Im Nu war alles wie umgedreht. In mir schlug die Freude hoch wie eine warme Welle. Gustav hatte darauf gewartet, dass ich kommen würde. Er wollte auch mein Freund werden. Jetzt waren wir hier, alle beide.
»Willst du was essen?«, fragte Gustav. »Ich hab ein paar Brotreste aufgespart. Und von den Plätzchen sind auch noch recht viele übrig.«
Ich zögerte. Nachdem ich jetzt wusste, wie Gustav zu seinem Essen kam, fühlte es sich falsch an, ihm davon etwas wegzuessen. Aber ich hatte tatsächlich Hunger, und die Plätzchen hatten lecker ausgesehen.
Wir krochen beide unter den gewölbten Bootsrumpf. Dort drin war der Teergeruch noch aufdringlicher, und anfangs fiel es mir auch schwer, mich nach dem klaren Licht draußen an die Dunkelheit in Gustavs Unterschlupf zu gewöhnen. Doch nach einiger Zeit sah ich, dass außer dem Teppichrest auch noch ein paar alte Säcke dort lagen, die als Bettzeug dienten. Neben den Säcken standen eine größere und eine kleinere Blechdose

mit Deckel. Weiter hinten konnte ich ein zugeknotetes Bündel erkennen. Es ähnelte meinem eigenen Bündel, das ich in dem Zimmer, das ich mit Angelique teilte, unter mein Bett gestopft hatte.
Gustav nahm den Deckel von der großen Blechdose und reichte mir ein Stück Brot. Das Brot war hart und grobkörnig und erinnerte eher an das aus dem Waisenhaus als an das, woran ich mich mittlerweile gewöhnt hatte, aber ich aß dennoch mit gutem Appetit. Dann nahmen wir je eine Handvoll Kuchenkrümel und ließen sie, süß und lecker, im Mund zergehen.
Gustav fragte mich nach dem Theater aus, wollte wissen, wie ich dorthin gekommen sei, was ich dort tue und wie die Schauspieler seien. Ich erzählte alles so, wie es war, vom ersten Abend an, als ich Angelique durchs Fenster gesehen hatte. Über das Waisenhaus sagte ich nichts, sondern tischte meine übliche Geschichte von dem Dorf und dem Fieber auf, die mir mittlerweile so vertraut geworden war, dass sie sich fast wie wahr anfühlte.
»Wenn ich es nur mal anschauen dürfte«, sagte Gustav sehnsüchtig. »Das Theater.«
»Bist du noch nie dort gewesen?«
»Nein. Das kostet ja Geld. Und Geld für unnützes Zeug hat es bei uns daheim nie gegeben.«
»Ich sorge dafür, dass du reinkommen darfst«, versprach ich. »Wenn ich mit Angelique rede, macht sie es möglich, ganz sicher.«

»Glaubst du?«

Gustav machte ein zweifelndes Gesicht.

»Davon bin ich überzeugt. Angelique ist der liebste Mensch auf der Welt.«

»Du hast sie wohl sehr gern, oder?«

Wie sollte ich diese Frage beantworten? Es war, als hätte Gustav mich gefragt, ob ich die Sonne gern hätte. Ich lächelte nur als Antwort.

»Sie ist sehr schön«, fuhr Gustav fort. »Schön wie ein Engel.«

Seine Stimme klang irgendwie traurig. Doch schon in der nächsten Sekunde veränderten sich sowohl seine Stimme als auch sein Gesichtsausdruck, als er sagte:

»Jetzt zeige ich dir mal, wie ich mir etwas zu essen beschaffe, ohne betteln oder stehlen zu müssen. Komm!«

Dann griff er nach einem langen, schmalen Ast, der bei seinen übrigen Sachen unterm Boot lag, und kroch nach draußen.

»Nimm die kleine Dose«, rief Gustav. Das tat ich und kroch dann hinterher.

An der einen Astspitze hatte Gustav eine lange Schnur befestigt, an deren Ende ein gebogener Nagel baumelte. Ein Stück über dem Nagel war ein Korken festgebunden. Gustav öffnete die kleine Blechdose und zog einen sich ringelnden Regenwurm heraus, den er geschickt an den Haken steckte.

»Komm, jetzt wird geangelt!«

Dann setzten wir uns ans Flussufer und angelten. Der Korken dümpelte ruhig vor sich hin, ab und zu zuckte etwas direkt unter der Wasseroberfläche, und manchmal holte Gustav die Leine wieder ein, um sich zu vergewissern, dass der Wurm noch am Haken war. Schließlich ging ein heftiger Ruck durch die Leine, und Gustav zog einen kleinen Fisch herauf, der anfangs wild zappelte, dann nach Luft schnappte und am Ende still dalag.

»Mittagessen«, erklärte Gustav.

Vom Kirchturm am anderen Ufer ertönten dumpfe Schläge. Ich zählte sie: eins, zwei, drei, vier, fünf, sechs, sieben, acht, neun. Angelique war bestimmt schon längst wach und fragte sich, wo ich abgeblieben war.

»Ich muss gehen«, sagte ich.

Gustav nickte.

»Jetzt weißt du, wo ich zu finden bin«, sagte er. »Besuch mich wieder, wenn du Lust hast. Morgens ist am besten, da findest du mich immer hier.«

»Ich komme.«

Ein Freund, dachte ich auf dem Rückweg. Ich habe einen Freund.

Dieser Gedanke beschäftigte mich so sehr, dass ich den Jungen, dem ich am anderen Ufer begegnete, kaum zur Kenntnis nahm. Kurz huschte ein blasses Gesicht mit hellen Augenbrauen und rötlichen Augen an mir vorbei, aber erst als er verschwunden war, ging mir auf, wen ich gesehen hatte.

Kurz durchfuhr mich ein kalter Schauer. Hatte Frettchen mich wiedererkannt? War er unterwegs, um mich zu suchen? Oder musste er nur einen Botengang erledigen? Manchmal bekamen die ältesten Jungen solche Aufträge.

Schnell redete ich mir ein, die Begegnung sei purer Zufall gewesen und Frettchen nicht schlau genug, um meine Verkleidung zu durchschauen, aber ganz wurde ich meine Unruhe nicht los.

»Wo bist du gewesen? Als ich aufwachte und du nicht da warst, habe ich mir richtig Sorgen gemacht!«

Ich war direkt zum Theater gerannt, weil die Proben um zehn beginnen sollten und ich ja wusste, dass Angelique gern rechtzeitig dort war. Ganz richtig saß sie schon in der Damengarderobe im Sessel. Das Heft, das sie gelesen hatte, als ich hereinkam, ließ sie auf den Schoß sinken.

»Einfach draußen«, antwortete ich vage, weil ich mir nicht sicher war, was Angelique davon halten würde, dass ich mit einem Jungen verkehrte, der unter einem umgekippten Boot wohnte und sowohl bettelte als auch stahl. Bestimmt wäre es besser, wenn Angelique Gustav selbst richtig kennenlernte und sehen würde, dass er ein anständiger Junge war, trotz des Lebens, das er führte.

»Einfach draußen«, wiederholte sie und lachte. »Was ist das denn für eine Antwort?«

Doch dann schien sie alles zu vergessen, was mit dieser Sache zu tun hatte, und wedelte stattdessen mit dem kleinen Heft, das sie in der Hand hielt.

»Hier – was glaubst du, was ich hier habe!«, sagte sie. »Ein Stück, in dem es eine richtige Heldinnenrolle gibt, ja, sogar zwei! Da geht es um zwei Mädchen, die nicht nur warten und schmachten und ohnmächtig werden, sondern die dafür sorgen, dass sie ihren Willen durchsetzen können. Die von zu Hause ausreißen und sich verkleiden, die eine als Bauernmädchen und die andere als Junge. Und die selbst bestimmen, wen sie lieben wollen, anstatt den Herrn Papa um Erlaubnis zu fragen.«

»Was ist das denn für ein Stück?«, fragte ich. »Ist es neu?«

»Nein, ganz und gar nicht. Es wurde vor über zweihundert Jahren geschrieben, in England, von einem Dichter mit einem sehr komischen Namen. Und trotzdem ist es kein bisschen altmodisch. Ist das nicht erstaunlich?«

Während Angelique über das Stück redete und mit dem kleinen Heft herumfuchtelte, bekam sie ganz rote Wangen.

»Und ein flinkes Mundwerk haben die beiden, vor allem die eine, die sich als Mann verkleidet. Genau so eine Rolle möchte ich spielen! Dieser Dichter hat noch viele andere Stücke geschrieben. In meinem Zimmer habe ich noch zwei Hefte, beides Komödien, und in allen sind es die Frauenzimmer, die am besten davonkommen. Stell dir das mal vor, Johanna!«

Sie war so eifrig, dass ich von ihrer Erregung fast angesteckt wurde. Doch dann schlug Angeliques Laune von einem Moment zum anderen um.

»Es gibt nur ein Problem«, sagte sie düster. »Und zwar, dass diese Stücke meinem Papa nicht gefallen werden. Für seinen Geschmack sind sie viel zu leichtsinnig. Mein lieber Herr Papa hat eine Vorliebe für ernste, feierliche Dinge. Klar, ab und zu spielen wir auch ein Lustspiel, wegen der Einnahmen, aber nichts in *dieser* Art. Auch ist die Rollenliste sehr lang, also wird wohl nichts daraus.«

»Aber du wirst ihn doch trotzdem bitten, sie zu lesen?«

»Ja, tu ich vielleicht. Aber –«

Sie unterbrach sich, als die Glocke, von der die Schauspieler auf die Bühne gerufen wurden, ertönte.

»Du lieber Himmel, ist es schon zehn? Hilf mir mit dem Schleier, Johanna! Ein Glück, dass wir nicht voll kostümiert proben müssen.«

Ein paar Minuten später verschwand Angelique, in ihren eigenen Kleidern, aber mit einem um den Kopf drapierten Schleier, die enge Wendeltreppe hinauf, die zu dem Raum hinter der Bühne führte. Das Heft lag noch in dem Sessel, wo sie gesessen hatte. Ich nahm es hoch und schaute auf die Titelseite. *Wie es euch gefällt* stand da. *Theaterstück von William Shakespeare. Übersetzt von Joh. Henr. Thomander.*

Ich hatte schon sehr lange nichts mehr gelesen. Jetzt begann ich zu blättern, ließ den Blick über die Seiten streifen und blieb an vereinzelten Dialogen hängen. Dann setzte ich mich im Sessel zurecht, schlug die erste Seite auf und begann zu lesen.

Es war eine verzwickte Geschichte, aber spannend und mit einem glücklichen Ende. Ich hatte gerade die letzte Seite gelesen und das Heft beiseitegelegt, als die Tür aufging und Angelique zurückkam. Gereizt riss sie sich den Schleier ab und warf ihn von sich.

»Papa hat sich aufgeregt, weil ich meinen Text nicht konnte«, beschwerte sie sich. »Aber wie soll ich mir die albernen Tiraden dieser dummen Gans merken können? Wenn ich eine wirklich gute Rolle bekäme, wäre das was anderes. Dann wären die Worte wie meine eigenen, und ich würde nicht einen einzigen Buchstaben vergessen.«

Sie war den ganzen Tag miserabler Laune, und darum traute ich mich nicht, Gustavs Wunsch zu erwähnen.

Siebtes Kapitel

DAS MÄDCHEN

Die folgenden Tage besuchte ich Gustav so oft wie möglich. Als Angelique fragte, wo ich gewesen sei, erfand ich alle möglichen Ausreden, und anfangs schien sie mir zu glauben. Aber als ich zum zweiten Mal behauptete, Mamsell Henriksson hätte mich mit irgendeiner eiligen Besorgung losgeschickt, schnaubte sie nur und sagte: »Unsinn! Ich habe Mamsell noch nie so früh morgens wach gesehen. Warum lügst du mich an, Johanna?«

Da das meiste, was sie über mich zu wissen glaubte, erfunden war, hielt ich es für ratsam, da, wo es möglich war, bei der Wahrheit zu bleiben. Darum erzählte ich ihr von meiner Freundschaft mit Gustav. Sie wurde nicht böse, sondern fragte mich über meinen Freund aus und sagte:

»Noch so ein bedauernswertes Kind, das allein im Leben steht. Wenn ich ihm nur helfen könnte, aber wie? Ihm Arbeit und Unterkunft verschaffen, das kann ich nicht, damit wäre Papa nicht einverstanden. Gibt es sonst etwas, das ich für ihn tun kann, was meinst du? Ein paar

Essensreste könnte ich für ihn beiseite schmuggeln und dir mitgeben, zum Beispiel.«

»Es gibt etwas anderes«, sagte ich, »etwas, das ihn noch mehr freuen würde.«

»Was denn?«

»Wenn er mit mir hinter die Bühne kommen und sich eine Vorstellung aus den Kulissen heraus anschauen dürfte. Das würde ihn freuen. Er ist noch nie im Theater gewesen.«

Angeliques Gesicht erhellte sich.

»Natürlich«, sagte sie. »Morgen Abend passt gut, da spielen wir ein leichteres Stück, das einem Kind Spaß machen könnte.«

Am nächsten Morgen lief ich zu Gustavs Versteck. Wie beim ersten Mal war Gustav verschwunden, aber diesmal wartete ich in aller Ruhe, in dem sicheren Bewusstsein, dass mein Freund schließlich auftauchen würde. Das tat er auch, aber erst nach geraumer Zeit, und mit einer verängstigten Miene, die so gar nicht an sein normalerweise munteres Gesicht erinnerte. Er hatte eine geschwollene Wange und einen großen blauen Fleck am Arm.

»Was ist passiert?«

»Die Stadtwächter haben mich erwischt«, erzählte Gustav. »Gestern Abend, als ich vor einem der Wirtshäuser gebettelt habe. Zuerst bestanden sie darauf, ich wäre dieser Junge, der aus dem Waisenhaus ausgerissen ist, und schleppten mich dorthin. Aber dort war ja niemand, der mich wiederkannte. Dann haben sie mich durchgeprügelt und gesagt, ich solle aus der Stadt verschwinden und mich nicht mehr hier blicken lassen. Wenn sie mich hier wieder beim Betteln ertappen würden, könnte ich mich auf eine weitere Tracht Prügel gefasst machen.«

Also war es Gustav ein weiteres Mal meinetwegen schlecht ergangen, weil die Stadtwache ihn für mich gehalten hatte. Die Worte kamen, ohne dass ich sie daran hindern konnte:

»Dieser Junge, das bin ich. Der, den sie suchen und der aus dem Waisenhaus geflohen ist.«

»Du?«

Gustav lachte.

»Du bist doch ein Mädchen?«

»Nein«, flüsterte ich. »Ich habe Mädchenkleider geklaut, damit man mich nicht so leicht findet. Eigentlich hatte ich vor, mich gleich wieder umzuziehen, nachdem ich die Stadt hinter mir gelassen hätte. Doch dann bin ich Angelique begegnet …«

»Und sie wollte dir Arbeit geben«, ergänzte Gustav. »Doch dafür musstest du ein Mädchen sein.«

»Genau so war es.«

»Also war die ganze Geschichte über das Dorf und deine Familie und das Fieber, war das alles nur erfunden?«

»Ja.«

Es war eine solche Erleichterung, endlich die Wahrheit sagen zu dürfen, dass ich nicht einmal an die Möglichkeit dachte, Gustav könnte mich verraten. Jetzt, nachdem ich erst einmal angefangen hatte, konnte ich gar nicht mehr aufhören zu erzählen: über das Leben im Waisenhaus, über die Arbeit, die Bestrafungen, die Einsamkeit. Gustav hörte zu, bis ich geendet hatte, und sagte dann:

»Ich weiß, wie sich das anfühlt. Du und ich, wir sind gleich. Und darum müssen wir zusammenhalten. Ich bleibe hier und halte mich versteckt, damit ich nicht wieder erwischt werde.«

»Aber bald«, sagte ich eifrig, »bald reist die Theatertruppe weiter in die nächste Stadt. Komm doch auch dorthin, dann müssen wir uns nicht trennen!«

»Willst du das?«

»Klar will ich das. Du bist doch mein Freund.«

Ich hatte gehofft, Gustav werde etwas antworten, das unsere Freundschaft bestätigte, aber er schwieg und schien in seinen eigenen Gedanken zu verschwinden. Das passierte immer mal wieder, und jedes Mal fragte ich mich, ob er mir etwas verheimlichte. Erst als ich erzählte, dass er noch am selben Abend im Theater willkommen sei, erhellte sich sein Gesicht und er wurde wieder sein gewohntes gesprächiges Selbst.

Ich hatte Gustav gebeten, draußen vor der Hintertür zu warten, während ich Angelique dabei behilflich war, sich für die abendliche Vorstellung vorzubereiten. Als sie fertig angekleidet und frisiert war, öffnete ich die Tür und ließ ihn herein. Angelique hatte den anderen erzählt, dass Johanna »einen kleinen Freund« mitbringen werde, daher stellte keiner der Theaterleute, auf die wir trafen, irgendwelche Fragen, sondern alle nickten uns nur freundlich und zerstreut zu.

Wir kletterten die schmale Wendeltreppe zum Raum hinter der Bühne hinauf. Gustav betrachtete das Gerümpel, das dort herumlag, mit großen Augen, genau wie ich selbst es vor ein paar Wochen getan hatte. Aber am meisten bestaunte er die seltsam herausgeputzten Menschen, die dort auf und ab gingen und unhörbar vor sich hinmurmelten.

»Was tun die da?«, flüsterte er. »Führen die Selbstgespräche? Wie Verrückte?«

»Sie üben ihren Text«, antwortete ich und fühlte mich stolz, weil ich etwas wusste, wovon Gustav keinen Ahnung hatte. Sonst war ja Gustav der Welterfahrene von uns beiden, der so viel mehr als ich gesehen und erlebt hatte.

Gustav nickte feierlich und betrachtete die Schauspieler weiterhin mit offenem Mund. Aus dem Zuschauerraum drangen Stimmen und Schritte, die verrieten, dass das Publikum bereits hereinströmte. Ich nahm Gustav an die Hand und zog ihn hinter mir her zu meinem üblichen Beobachtungsposten zwischen den Kulissen, denn die Ankunft des Publikums war auch schon ein sehenswertes Schauspiel.

Die Vorstellung war ausverkauft, wie immer, wenn ein Lustspiel auf dem Spielplan stand, und auf den Stehplätzen drängten sich die Mägde in ihren Kopftüchern mit den lärmenden jungen Burschen. Viele Handwerker und Ladenbesitzer hatten auch ihre Kinder mitgebracht, um das Stück zu sehen.

Ich hatte es mir zur Gewohnheit gemacht, immer einen Blick zu dem Platz hinaufzuwerfen, wo der Rittmeister zu sitzen pflegte – weit links oben auf dem Balkon. Wie immer glänzte dort etwas auf, doch als ich genauer hinsah, war es diesmal nicht der Offizier, der das Fernglas an die Augen hielt, sondern ein Junge, der etwas weiter rechts von ihm saß. Zwischen dem Jungen und dem Rittmeister saß ein Mädchen. Die Entfernung war zu groß, um ihr Gesicht erkennen zu können, aber ich sah, dass sie blondes Haar hatte und ein leuchtend blaues Kleid trug. Eine fast vergessene Erinnerung schoss mir durch den Kopf: das Mädchen im Spiegel, das ich am ersten Abend in Angeliques Garderobe gesehen hatte! Ihr Kleid hatte diese blaue Farbe gehabt. Gab es dieses Mädchen tatsächlich? Oder war es nur Zufall, dass das Mädchen neben dem Offizier ein Kleid in genau der gleichen Farbe trug?

Jetzt wurde das Licht im Zuschauerraum gelöscht, und die Vorstellung fing an. Es war eine Liebeskomödie mit vielen Verwicklungen, in der Angelique wie immer die weibliche Hauptrolle spielte. Das Publikum lachte und klatschte Beifall. Gustav sah anfangs vor allem verblüfft aus, aber schon bald begann er zu kichern, und nach einer Weile lachte er laut.

In der Pause nahm Angelique uns mit in ihre Garderobe, wo sie Kuchen und Schokolade für uns bereit hatte. Mir war klar, dass sie die Leckereien für Gustav besorgt hatte, und freute mich darüber. Aber ich fühlte mich rastlos und es fiel mir schwer, stillzusitzen und die guten Sachen zu genießen. Irgendwo in dem schön dekorierten Theatercafé saß jetzt vielleicht das Spiegelmädchen mit dem blauen Kleid. Wenn ich nur mit ihr reden dürfte! Wenn ich erfahren könnte, wer sie war, würde ich vielleicht auch etwas über mich selbst erfahren.

Als die Vorstellung zu Ende war, sagte ich Angelique, ich wolle Gustav nur ein Stück begleiten und würde dann gleich zurückkommen, um ihr beim Umziehen zu helfen.

»Schnell, beeil dich!«, mahnte ich Gustav und zog ihn hinter mir her durch den Korridor und zur Hintertür hinaus. Atemlos rannte ich auf den Platz vor dem Theater. Gustav folgte mir auf den Fersen.

»Was ist denn, warum hast du es so eilig?«

Ich hatte keine Zeit, es zu erklären. Auf dem Platz hielt

ich Ausschau nach dem Offizier und seiner Begleitung. Wie sollte ich diese drei Personen inmitten all der Menschen finden? Ich wollte schon aufgeben, als ich sah, dass eine große Kutsche vorgefahren kam, von zwei Pferden gezogen. Die Menschenmasse wich zurück, und als ein einfach gekleideter junger Mann nicht schnell genug aus dem Weg sprang, versetzte der Kutscher ihm einen Peitschenhieb.

Die Kutsche hielt vor dem großen Eingang des Spektakel-Hauses, und jetzt konnte ich die drei Personen deutlich erkennen: den langen Offizier mit seinem Federbusch, der alle Köpfe überragte, auf seiner einen Seite den Jungen, der vierzehn oder fünfzehn Jahre alt sein mochte, und auf der anderen das Mädchen in dem leuchtend blauen Kleid.

So schnell wie möglich bahnte ich mir den Weg in Richtung Eingang. Ich musste das Mädchen aus der Nähe sehen, musste feststellen, ob es dem Mädchen im Spiegel tatsächlich ähnlich sah, oder ob es nur die Farbe des Kleides war, die meine Gedanken in die Irre geführt hatte. Gustav folgte mir, so gut es ging.

Jetzt sah ich, immer noch aus großer Entfernung, wie der Kutscher vom Kutschbock herabstieg und eine der Wagentüren öffnete. Es war eine geschlossene Kutsche, deren Türen mit Fenstern versehen waren, größer und schöner als die leichten Wagen mit Verdeck, die man sonst in der Stadt sah.

Das Mädchen stellte bereits den einen Fuß auf das Trittbrett und stieg hinauf, von der ausgestreckten Hand des Kutschers gestützt. Nach ihr nahm der Junge in der Kutsche Platz, und zuletzt der Offizier selbst. Der Kutscher schloss den Wagenschlag, sprang geschmeidig auf den Kutschbock und trieb die Pferde an.

Es war zu spät. Ich würde nie etwas über das Mädchen in dem blauen Kleid erfahren. War sie die Tochter des Offiziers? Und der Junge ihr älterer Bruder? Und wenn es tatsächlich so war, wie Mamsell Henrikssons Karten gesagt hatten, dass der Offizier Böses gegen mich im Schilde führte – was hatte dann das Mädchen mit der Sache zu tun? Hatte das Spiegelbild, das ich gesehen hatte, eine Botschaft für mich enthalten, eine Botschaft, die ich nicht zu deuten vermochte?

Jetzt begann die Kutsche über das Kopfsteinpflaster zu rumpeln, auf mich und Gustav zu. Und wie es der Zufall wollte, stand vor uns eine Gruppe, die nicht zur Seite wich, und weil es sich um feinere Herrschaften handelte, wagte der Kutscher es diesmal offenbar nicht, die Peitsche einzusetzen. Die Kutsche hielt direkt vor mir an, nicht einmal einen halben Meter von mir entfernt.

Im Kutschenfenster sah ich ein Gesicht, wie ein bleiches Oval im Halbdunkel schwebend. Was sich da im

Glas widerspiegelte, war mein eigenes Bild, doch dahinter befand sich ein anderes, ein Gesicht, das meinem so sehr glich, wie die beiden Hände einer Person einander gleichen. Die Stirn, die Wangen, der Mund, die Augen, ja, sogar das Mienenspiel – alles glich dem, was ich in Angeliques Garderobe täglich im Spiegel sah. Allerdings war das Gesicht hinter der Fensterscheibe von hellen Locken umrahmt, und um den Hals hing ein goldenes Medaillon, das sich auf dem leuchtend blauen Stoff des Kleides abzeichnete.

Plötzlich begegnete das Mädchen in der Kutsche meinem Blick. Ihre Augen weiteten sich, als hätte sie etwas Verblüffendes, vielleicht sogar Erschreckendes gesehen. Mit einer hastigen Bewegung führte sie ihre Hand an das Medaillon, wie um es zu schützen oder um Kraft daraus zu holen.

Da geschah etwas Unerklärliches.

Mir war, als würde ich dieses Medaillon wiedererkennen. Nicht nur, wie es aussah, sondern ich glaubte auch in meiner eigenen Hand zu spüren, wie es sich anfühlte, die kleinen Blumengirlanden, die es einfassten, und die blanke Fläche in der Mitte zu berühren. Ich konnte sogar den kleinen Haken spüren, der das Medaillon geschlossen hielt.

Im nächsten Augenblick streckte sich eine Hand aus, um den Vorhang zuzuziehen, der das Wagenfenster bedeckte. Ich konnte nicht mehr hineinschauen und das

Mädchen nicht heraus. Gleich darauf war der Weg wieder frei, und der Wagen rollte davon.
Ich blieb stehen, den Blick auf die Kutsche geheftet, bis sie außer Sichtweite war. Dann sah ich mich nach Gustav um. Er war nicht mehr an meiner Seite. Erst nach ein, zwei Minuten erblickte ich ihn im allgemeinen Gewimmel, wo er stand und mit einem Jungen redete, der einen Kopf größer war als er selbst. Der andere hatte mir den Rücken zugewandt, aber als ich meinen Freund rief, drehte der Unbekannte rasch den Kopf, und ich sah, dass er blass war und rote Augen hatte wie ein Iltis.

Ich hatte bemerkt, dass Kristoffer aufgehört hatte, Angelique nach den Vorstellungen in der Garderobe zu besuchen. In den Proben und bei den Mahlzeiten sah ich den jungen Schauspieler oft sehnsüchtige Blicke in ihre Richtung werfen, aber obwohl sie sich dessen bestimmt bewusst war, tat sie so, als würde sie es nicht bemerken, und sah ihn kaum an.
Eines Abends, als ich soeben Angeliques Korsett aufgeschnürt hatte, klopfte es an die Garderobentür. Zuerst nahm ich an, es müsse Kristoffer sein, und freute mich für Angelique, wobei ich gleichzeitig einen Stich Eifersucht verspürte. Das Klopfen klang jedoch härter und

herrischer als Kristoffers vorsichtige Versuche. Vielleicht war das Angeliques Vater, der mit seiner Tochter sprechen wollte?

»Mach auf!«, sagte Angelique zu mir und streckte dabei die Hand nach ihrem Schultertuch aus.

Ihre Stimme klang seltsam angespannt. War sie erschrocken? Oder erwartungsvoll? Oder beides zugleich?

Ich legte die wenigen Schritte zur Tür zurück und drehte am Türgriff. Die Tür glitt einen Spalt weit auf.

Draußen stand der Rittmeister in voller Uniform, den federgeschmückten Hut jedoch unter den Arm geklemmt.

Angelique war hinter mir aufgestanden und hatte sich das Tuch um die Schultern gelegt. Jetzt hüllte sie sich fester hinein, als wäre ihr kalt.

»Wer ist da, Johanna?«, fragte sie mit einem Tonfall, der in meinen Ohren unnatürlich klang, so, als stünde sie in einer Rolle, in der sie sich unwohl fühlte, auf der Bühne.

Da ich den Namen des Offiziers nicht wusste und begriff, dass es unhöflich wäre, nur »der Rittmeister« zu sagen, schwieg ich. Ungeduldig schob mich der hochgewachsene Mann zur Seite und antwortete selbst:

»Ich bin es, Fräulein Angelique. Rittmeister Ankarstjerna, zu Ihren Diensten.«

»Willkommen, mein Herr.«

Inzwischen hatte sie die Kontrolle über ihre Stimme wiedererlangt und klang fast normal. Ich trat noch einen Schritt zur Seite, ließ den uniformierten Herrn an mir vorbei und sah, dass Angelique einen kleinen Knicks vor ihm machte. Der Offizier antwortete mit einer leichten Neigung des Kopfes.

»Johanna«, sagte Angelique. »Lauf zum Büffet und besorge Erfrischungen. Süßen Wein, Gebäck, Konfekt. Bitte um den besten Wein, den sie haben, und sag, bezahlen werde ich morgen.«

»Unter keinen Umständen«, sagte der Rittmeister. »Hier, Kleine, nimm das.«

Zwei Scheine wurden mir in die Hand gesteckt.

»So, und jetzt los mit dir!«

Es war seiner Stimme anzuhören, dass er es gewohnt war, zu befehlen und Gehorsam zu erfahren.

Kurz darauf war ich mit Wein und Leckereien zurück, das Wechselgeld klirrte in meiner Rocktasche. Vor der Garderobentür zögerte ich. Sollte ich klopfen? Oder einfach eintreten? Sicherheitshalber beschloss ich, anzuklopfen.

»Bist du es, Johanna?«, hörte ich Angeliques leise Frage.

»Ja.«

Sie öffnete die Tür und nahm mir die Flasche und das Tablett mit Gläsern, Gebäck und Konfekt ab.

»Danke«, sagte sie. »Geh jetzt in unser Zimmer und warte dort auf mich.«

»Halt! Einen Augenblick noch!«

Der Rittmeister drängte sich hinter ihr vor, packte mich am Arm und zog mich in die Garderobe.

»Du hast doch Wechselgeld bekommen, oder nicht?«
Ich steckte die Hand in die Tasche, holte die Münzen heraus und legte sie ihm in die ausgestreckte Hand. Dann drehte ich mich zum Gehen um. Doch da wurde ich erneut von einem Griff um den Arm aufgehalten.
»Bleib stehen!«, herrschte der Offizier mich an. »Lass mich dich anschauen!«
Eine harte Männerhand packte mein Kinn und drehte mein Gesicht nach oben. Mein Kopf wurde hin und her gewendet, als sollte er aus verschiedenen Winkeln vorgeführt werden. Der Blick, der mich musterte, war hart und durchdringend und der Griff um mein Kinn schmerzhaft fest.
Mir war unheimlich zumute, und ich war froh, als der Mann mein Kinn losließ und mir mit zwei ausgestreckten Fingern abschließend über die Wange klatschte. Das tat zwar weh, und ich begriff nicht, was ich getan haben könnte, um den Schlag zu verdienen, aber dennoch war es eine Erleichterung, dem durchdringenden Blick zu entkommen.
»Darf sie jetzt gehen?«, fragte Angelique demütig, als wäre es ab jetzt die Sache des Rittmeisters, alle Beschlüsse zu fassen, die uns beide betrafen.
»Sie kann gehen«, antwortete der Mann, während er sich die Finger an einem weißen Taschentuch abwischte.
Angelique bückte sich zu mir und sprach mir leise und schnell ins Ohr:

»Lauf ins Gasthaus und geh in unser Zimmer. Wenn einer meiner Eltern an die Tür klopft und mit mir sprechen will, öffne nur einen Spalt weit und sag, ich würde schlafen. Sag, ich hätte schlimme Kopfschmerzen gehabt und ein Pulver eingenommen. Und wenn sonst jemand anklopft, öffnest du überhaupt nicht. Hier in der Garderobe hast du nichts gesehen, nur dass ich mich wie immer umgezogen habe. Hast du verstanden?«
Ich nickte und spürte, wie mir Tränen in die Augen traten. Da bereitete sich etwas vor, etwas, das nichts Gutes verhieß. Weder für mich noch für Angelique.
Sie musste gemerkt haben, dass ich traurig wurde, denn sie strich mir sanft über die brennende Wange und drückte mir ein Stück Konfekt in die Hand.
»So, sei jetzt ein tüchtiges Mädchen und tu, was ich gesagt habe.«
Draußen im Flur blieb ich stehen, das klebrige Stück Konfekt in der Hand. Am liebsten hätte ich das Ohr an die Garderobentür gepresst und belauscht, worüber sie dort drinnen sprachen, aber weil ich befürchtete, ertappt zu werden, tat ich das, was mir gesagt worden war: Ich ging in unser Zimmer zurück. Unterwegs steckte ich das Konfektstück in den Mund, spuckte es aber fast sofort in den Rinnstein aus. Der süße Geschmack ekelte mich an, und die klebrige Masse blieb am Gaumen hängen.
Kaum war ich im Zimmer angekommen, hatte die Tür abgeschlossen und mir die Schuhe aufgeschnürt, als

ich Schritte im Flur vernahm. Rasch schraubte ich den Docht der Lampe herunter, damit es so aussah, als wären wir bereits im Bett.

Dieses Klopfen erinnerte weder an Kristoffers leichte oder an Rittmeister Ankarstjernas harte Schläge, es klang freundlich, aber bestimmt.

»Anna-Maria«, ließ sich die Stimme des Theaterdirektors vernehmen. »Mach bitte auf, ich will mit dir reden.«

Ich schlich zur Tür und öffnete sie einen Spalt.

»Angelique, ich meine Anna-Maria, schläft«, behauptete ich. »Sie hat ein Pulver genommen, weil sie Kopfschmerzen hatte, und ist gleich eingeschlafen.«

Herr Ljungberg machte ein zweifelndes Gesicht.

»So schnell? Ich habe ja vorhin erst gehört, wie ihr aus dem Theater zurückgekommen seid.«

»Das war nur ich, die da gekommen ist. Ich war in der Garderobe geblieben, um eine Naht, die aufgegangen war, zu flicken. Angelique ging voraus, und als ich hier ankam, war sie bereits eingeschlafen.«

Ein misstrauischerer Vater hätte die Tür wahrscheinlich geöffnet, um zu kontrollieren, ob seine Tochter sich wirklich in ihrem Bett befand. Aber zu dieser Sorte Väter gehörte Theaterdirektor Ljungberg nicht. Er seufzte und sagte:

»Na ja. Sag ihr, wenn sie aufwacht, dass ich mit ihr sprechen will.«

Damit machte er auf dem Absatz kehrt und ging in das Zimmer zurück, das er mit seiner Frau bewohnte.
Mir war klar, dass es kein angenehmes Gespräch war, das Angelique da erwartete. Jetzt konnte ich jedenfalls nicht mehr tun, um ihr zu helfen. Die Lügen, die ich ausgesprochen hatte, klebten mir am Gaumen wie das schmierige Konfekt. Wenn ich geglaubt hätte, meine Lügen könnten Angelique vor etwas Schlimmem bewahren, hätte ich gern für sie gelogen, ohne mich zu schämen und ein schlechtes Gewissen zu haben. Jetzt hatte ich dagegen das Gefühl, dass ich mit meinen Lügen zum Unheil beitrug, das uns beide bedrohte.
Ich sah mich nach etwas um, das mich trösten und auf fröhlichere Gedanken bringen könnte. Auf dem kleinen Nachttisch neben Angeliques Bett lag eines dieser Hefte, die sie in letzter Zeit so gern las. Ich nahm es in die Hand und sah den Titel auf dem Umschlag: *Was ihr wollt.* Es war derselbe Autor wie der des Stücks, das ich heimlich in der Garderobe gelesen hatte, dieser englische Dichter mit dem seltsamen Namen.
Ich zog Kleid und Strümpfe aus und schlüpfte in Angeliques Bett. Das hatte ich bisher noch nie getan, aber schon als ich den Kopf auf ihr Kissen legte und ihren speziellen Duft einatmete, fühlte ich mich besser. Dann öffnete ich das Büchlein und begann zu lesen.
Es war eine spannende Geschichte über ein Zwillingspaar, ein Junge und ein Mädchen, die getrennt wurden,

als das Schiff, mit dem sie unterwegs waren, unterging. Beide glaubten, der andere wäre ertrunken. Die Schwester, die Viola hieß, verkleidete sich als Junge, um sich in dem fremden Land, wo sie gelandet war, besser alleine durchschlagen zu können. Dort verliebte sie sich in einen Herzog, der wiederum in eine vornehme Dame verliebt war. Doch die Dame verliebte sich in Viola, die sie für einen jungen Mann hielt. Dann tauchte Sebastian, Violas Bruder, auf, und es gab eine Menge Missverständnisse.

Ich hatte nicht viele Seiten übrig, als es wieder an die Tür klopfte, sanft und vorsichtig diesmal. Noch ein weiteres leichtes Klopfen, und dann hörte ich Kristoffers Stimme.

»Angelique, mein Engel. Mach auf! Ich muss mit dir reden!«

Die Stimme klang verzweifelt, und Kristoffer tat mir aufrichtig leid, aber ich konnte nichts tun, um ihm zu helfen oder ihn zu trösten. Wir warteten schweigend auf je einer Seite der geschlossenen Tür. Schließlich hörte ich, wie sich seine Schritte im Flur entfernten.

Ich nahm das Heft wieder in die Hand, um weiterzulesen und zu erfahren, ob die Zwillinge einander wiederfinden würden, doch da nahm die Müdigkeit überhand und ließ mich in Angeliques Bett einschlafen.

Ich erwachte durch das Geräusch von Regen, der hart auf das Dach über mir prasselte und wie mit Peitschenhieben an die Fensterscheibe klatschte. Das Bett kam mir weicher vor als sonst, und als ich die Augen aufschlug, merkte ich, dass ich in Angeliques Bett lag. Sie selbst saß in dem Sessel, den Blick auf den Text geheftet, den ich am Abend zuvor gelesen hatte.

Was hatte ich danach damit gemacht? Hatte ich es auf den Nachttisch zurückgelegt, wo ich es gefunden hatte? Oder war ich mit dem Heft in der Hand eingeschlafen und hatte es auf den Boden oder auf die Bettdecke fallen lassen? Daran konnte ich mich nicht erinnern.

»Guten Morgen«, sagte Angelique. »Hast du gut geschlafen?«

Ich begann mich dafür zu entschuldigen, dass ich in ihr Bett gekrochen war, aber sie lachte nur und meinte, das sei doch egal. Sie habe mich schlafend vorgefunden, und statt mich in mein eigenes Bett hinüberzutragen und mich dabei vielleicht zu wecken, habe sie mich ordentlich zugedeckt und sei selbst in mein Bett geschlüpft.

Unglaublich – sie hatte mich noch einmal zugedeckt, so wie Mütter es mit ihren Kindern immer tun. Das hatte bisher noch nie jemand getan, zumindest nicht, soweit ich mich erinnern konnte. Wie gern wäre ich wenigstens halb wach gewesen, dann hätte ich ihre Fürsorge spüren können!

An diesem Tag hatten die Schauspieler vormittags keine

Probe, darum konnten wir uns mit dem Frühstück Zeit lassen. Angelique sagte:
»Heute ist das Wetter so scheußlich, dass ich am liebsten hier im Zimmer bleiben und lesen möchte. Ich denke, wir frühstücken einfach etwas später.«
Ich erinnerte mich an die Ereignisse des gestrigen Abends und dachte: Vielleicht will sie abwarten, bis die anderen alle fertig gefrühstückt haben. Vielleicht will sie weder Kristoffer noch ihren Vater treffen.
Das Gefühl, dass ich in ihrem Bett geschlafen hatte, in ihren Duft gehüllt, machte mich kühn. Ich richtete mich im Bett auf, die warme Decke um den Leib gewickelt, und sagte:
»Dieser Mann, der Rittmeister. Wer ist das eigentlich? Und was will er von uns?«
Sofort veränderte sich Angeliques Gesichtsausdruck. Die Falte zwischen den Augenbrauen tauchte wieder auf, und sie biss sich auf die Lippe.
»Warum fragst du das? Hast du mit jemandem über ihn gesprochen? Mit Papa? Oder mit Kristoffer?«
»Nein!«
Sie hatte mich gebeten, nichts zu sagen, wie konnte sie dann annehmen, dass ich es trotzdem getan hätte?
»Hat niemand dir gesagt, dass du mich nach ihm fragen sollst?«
»Nein!«, wiederholte ich.
Angelique wirkte erleichtert, aber dennoch vorsichtig.

»Er ist Offizier bei der Kavallerie, das weißt du ja schon. Er ist reich und verwitwet. Und er macht mir den Hof. So, mehr musst du nicht wissen. Übrigens, lauf doch runter zum Frühstücksraum und bring mir ein Käsebrötchen und eine Tasse Schokolade mit, dann kann ich frühstücken und gleichzeitig weiterlesen. Sag meinen Eltern, ich hätte immer noch Kopfschmerzen und würde bis heute Nachmittag auf meinem Zimmer bleiben.«
Sie nahm das Heft und hielt es sich vors Gesicht, als wollte sie sich damit vor weiteren Fragen schützen.
Und Fragen hatte ich viele. Was hatte es zu bedeuten, dass der Rittmeister Angelique »den Hof machte«? War er in sie verliebt? Aber konnte jemand, der so kalte Augen hatte wie der Rittmeister, überhaupt jemanden lieben?
Immer wenn ich an diese Augen dachte, fühlte ich mich bedrückt. Der Offizier hatte mein Gesicht hin und her gedreht und gewendet, als würde er ein Pferd mustern, das er kaufen oder vielleicht doch lieber schlachten lassen wollte. Warum? Was wollte er von mir?
Mir war klar, dass Angelique keine der vielen Fragen, die mir durch den Kopf taumelten, beantworten könnte und es vielleicht auch nicht wollte. Aber vielleicht gab es eine andere Möglichkeit, Antworten zu finden.

Nachdem ich gefrühstückt und Angelique die Tasse Schokolade und den Teller mit Brot, Butter und Käse gebracht hatte, lief ich zu der Treppe, die zum Dachboden führte.

Ich hatte Mamsell Henriksson beim Frühstück gesehen und wusste, dass sie vor mir nach oben gegangen war. Bestimmt war sie jetzt in ihrem Zimmer, denn bei diesem Unwetter wollte wohl niemand vor die Tür gehen, wenn es nicht unbedingt notwendig war.

Schon bevor ich geklopft hatte, ging die Tür auf.

»Komm herein«, sagte Mamsell Henriksson. »Ich habe mir schon gedacht, dass du wiederkommst.«

»Ich komme wegen der Karten«, sagte ich. »Gibt es ... ich meine, können die mir noch mehr verraten? Mehr als das, was ich letztes Mal erfahren habe?«

»Wenn du neue Fragen hast, können die Karten dir neue Antworten geben«, sagte Mamsell Henriksson. »Diesmal werden wir sie auf eine andere Art legen. Komm her und setz dich an den Tisch, mein Kind.«

Sie hängte das Fenster zu, löschte die Öllampe und zündete die einsame Kerze an.

Der Wind drang durch die Fensterritzen und ließ die Kerzenflamme wilder denn je flackern. Unsere Schatten wurden hin und her geworfen, als wollten sie sich von den Wänden reißen und ihr eigenes dunkles und unberechenbares Leben führen.

Mamsell Henriksson nahm mir gegenüber Platz, in der

einen Hand hielt sie das Kartenspiel. Sie wickelte das schwarze Seidentuch ab und mischte die Karten.

»Was willst du denn wissen?«, fragte sie.

Ich hatte Angelique ja versprochen, nichts vom Besuch des Rittmeisters in ihrer Garderobe zu erzählen. Aber ich brauchte sie gar nicht zu erwähnen, sagte ich mir. Ich konnte mich darauf verlassen, dass Mamsell Henriksson klug genug war, um selbst alles zu begreifen, was sie wissen musste, und dass sie keine unnötigen Fragen stellen würde.

»Da ist ein Mann«, sagte ich. »Er will etwas von mir. Aber ich weiß nicht was. Und ich fürchte mich ganz schrecklich vor ihm.«

Das wurde mir erst richtig klar, als ich es aussprach. Ja, ich hatte eine entsetzliche Angst vor dem Offizier, vor seinem kalten Blick und seinen kalten Händen. Eine Angst, die ich weder vor dem Waisenhausdirektor noch vor der Spinnmeisterin je so empfunden hatte. Zwar kam es ab und zu vor, dass sie mich schlugen und bestraften, aber immerhin hatte ich begriffen, warum sie das taten. Es war ihre Aufgabe, mich zu erziehen und mich zur Arbeit anzuhalten. Sie hassten mich nicht und liebten mich nicht, genauso wenig, wie sie eins der anderen Waisenkinder gehasst oder geliebt hätten. Mit dem Offizier war das anders, und ich verstand nicht, warum.

Mamsell Henriksson legte das Kartenspiel vor sich auf den Tisch, mit den Kartenrücken nach oben. Dann hob sie einen Teil der Karten ab und hielt ihn mir so hin, dass ich das Bild der obersten Karte sehen konnte.

»Ist er das?«

Es war die Karte *Cawal,* die den uniformierten Reiter zeigte.

»Ja, das ist er.«

»Dann wollen wir versuchen herauszufinden, was er wohl verbirgt«, sagte Mamsell Henriksson ruhig und legte zuerst drei Karten nebeneinander, alle drei mit dem Rücken nach oben. Auf diese legte sie dann drei Karten mit dem Bild nach oben. Die Karte mit dem Reiter war in der Mitte gelandet. Links davon lag die Karte mit dem vornehmen Haus und rechts die mit der Scheune und dem großen Schwein.

»Als Erstes schauen wir, was sich hinter deinem Reiter verbirgt«, sagte die Mamsell.

Sie drehte die beiden mittleren Karten so um, dass die unterste nach oben kam, eine Karte, die ich bisher noch nicht gesehen hatte: ein hässliches, boshaftes Männergesicht unter einem seltsamen Hut, von dem neben einem baumelnden Glöckchen eine Art Tierschwanz herabhing. Genau in diesem Augenblick wurde das Zimmer vom Licht eines Blitzes durchzuckt, der so grell war, dass sein Schein sogar durch den Fenstervorhang drang.

»Aha, das ist also sein wahres Gesicht!«, bemerkte die Mamsell. »Es ist der Gaukler, der hinter dir her ist.«

»Wer ist das?«
Meine Worte gingen in einem ohrenbetäubenden Donnerschlag unter. Aber Mamsell Henriksson schien sie trotzdem gehört zu haben.
»Der Gaukler ist ein Schurke«, erklärte sie. »Er täuscht und betrügt, wo er nur kann, aber schließlich zieht er selbst den Kürzeren. Vor dem musst du dich hüten, Johan. Geh ihm aus dem Weg, bis er den einen Fehler begeht, der ihn zu Fall bringen wird.«
»Aber warum?«, fragte ich. »Warum sollte ein reicher, vornehmer Herr mir etwas anhaben wollen?«
»Schauen wir mal nach«, sagte die Mamsell. »Du sagst, er sei reich, dann ist dies vielleicht sein Haus.«
Sie deutete auf die Karte, die links lag, auf der das schöne große Gebäude zu sehen war. Dann drehte sie die Karte um, die darunter lag. Das Bild des jungen Mannes in Uniform erschien, die Karte, von der die Mamsell letztes Mal gesagt hatte, sie zeige, wer ich sein würde.
»Willst du wissen, was ich vermute?«, fragte die Mamsell.
Ich nickte, worauf sie fortfuhr:
»Du hast vor ihm Angst, aber er fürchtet dich ebenfalls. Er befürchtet, dass du ihm das nehmen wirst, was er als sein Eigentum betrachtet. Das heißt, wenn du erst einmal entdeckt hast, wer du eigentlich bist.«
In meinem Kopf drehte sich alles. Wie sollte es möglich sein, dass dieser reiche Offizier vor einem armen Kind

ohne Hab und Gut Angst hatte? Wie sollte ich einem so mächtigen Mann etwas wegnehmen können?
Flüchtig erinnerte ich mich daran, was Gustav über die Reichen gesagt hatte. Befürchteten die tatsächlich, dass die Armen ihnen ihre Reichtümer wegnehmen würden?
»Wollen wir die letzte Karte umdrehen?«
»Ja.«
Mamsell drehte die Karte mit der Scheune und dem Schwein um und holte die Karte nach oben, die darunter gelegen hatte. Es war der große Vogel, der Kuckuck. Cucu.
»Letztes Mal sahen wir, wie Cucu dir von dem Ort weggeholfen hat, von dem du kommst«, sagte die Mamsell. »Aber jetzt wollen die Karten vermutlich mitteilen, dass es auch ein Kuckuck war, der dich dorthin getragen hat.«
Ich verstand nicht, was sie damit meinte, aber sie fuhr fort:
»Der Kuckuck ist der einzige Vogel, der seine Eier in das Nest eines anderen Vogels legt. Verstehst du? Er kümmert sich nicht um seine Jungen, sondern lässt sie von anderen füttern und großziehen. So wie es dir einst ergangen ist.«
Wie konnte sie das wissen? Ich hatte das Waisenhaus ihr gegenüber nie mit einem einzigen Wort erwähnt. Dennoch war es, als würde sie meine wahre Geschichte kennen.

»Und«, fuhr die Mamsell fort, »weil diese Karte jetzt gerade nach oben kommt, besteht meiner Meinung nach ein Zusammenhang zwischen deinem Kuckuck und jenem Mann.«

Dabei deutete sie auf die Karte, die sie als den Gaukler bezeichnete. Als ich das boshafte Gesicht sah, wurde mir ganz kalt.

»Nun hast du einiges, worüber du dir den Kopf zerbrechen kannst«, sagte Mamsell Henriksson. »Geh jetzt und sei auf der Hut!«

Erst als ich die Treppe vom Dachboden nach unten stieg, ging mir plötzlich etwas auf – als die Mamsell mich vor dem Gaukler warnte, hatte sie mich bei meinem richtigen Namen genannt: Johan, nicht Johanna!

Achtes Kapitel

DIE MÜTZE

»Kannst du ihn nicht kurz abnehmen? Nur für ein paar Minuten! Ich möchte wissen, wie du als Junge aussiehst!«

Gustav lag auf dem Rücken in der Sonne am Flussufer. Das Hemd hatte er ausgezogen und die Hosenbeine so weit hochgekrempelt, dass seine braun gebrannten, von Mückenstichen übersäten Beine bis zu den Knien zu sehen waren. Ich selbst saß neben ihm, voll angezogen. Wie gern wäre ich dem Beispiel meines Freundes gefolgt, aber für ein anständiges Mädchen schickte es sich nicht, ohne Schuhe und Strümpfe zu sein, und schon gar nicht, draußen im Freien auf dem Rücken im Gras zu liegen. Den rot gefütterten Strohhut hatte ich auch auf, und den sollte ich jetzt also Gustav zuliebe abnehmen. Ich hatte ihn immer auf dem Kopf, wenn ich mich im Freien aufhielt, und auch drinnen im Theater und im Frühstücksraum. Nur in Angeliques und meinem Zimmer war ich barhäuptig und manchmal auch in der Garderobe. Dann pflegte Angelique mir mit den Fingern durch die kurzen Haarbüschel zu fahren, die herausgewachsen waren, seit ich aus dem Waisenhaus geflohen war, und zu behaupten, mit der Zeit würde ich bestimmt wieder schöne Locken bekommen.

Gustav stützte sich auf den Ellbogen auf.

»Außer uns ist hier doch niemand«, sagte er. »Zeig's mir!«

Warum nicht?, dachte ich. Das war ja nicht schlimm. Ich band die Schleife unterm Kinn auf und nahm die Haube ab. Gustav starrte mich an, dann brach er in Gelächter aus.

»Worüber lachst du?«

»Vorhin erst warst du ein Mädchen, jetzt bist du ein Junge in einem Kleid«, sagte Gustav. »Weißt du, manchmal denke ich, jeder kann alles sein.«

»Was meinst du damit?«

»Schau her«, sagte Gustav und richtete sich auf.

Dann wandte er seinen Kopf so, dass ich ihn im Profil sah.

»Was siehst du?«

»Dich natürlich.«

»Und wer bin ich?«

»Du bist Gustav.«

»Aber wenn du mich bisher noch nie gesehen hättest? Beschreibe, was du siehst!«

»Einen Jungen«, begann ich, »ungefähr elf Jahre alt. Mit Stupsnase und großem Mund. Hellbraune Haare und –«

»Ja, und was noch?«
»Braune Augen«, sagte ich.
»Und jetzt?«
Er drehte den Kopf, damit ich das andere Profil sah.
»Dasselbe«, sagte ich.
»Dasselbe? Bist du sicher?«
Warum hatte ich das bisher nie bemerkt? Das Auge, das ich jetzt sah, als er mir die rechte Gesichtshälfte zuwandte, war blau. Gustav lächelte.
»Siehst du?«, sagte er. »Man sollte nie zu sicher sein, was man sieht. Es kommt darauf an, aus welcher Richtung man es ansieht.«
Ich musste daran denken, was Mamsell Henriksson gesagt hatte: Man solle das sehen, was nicht sichtbar sei. Manchmal, dachte ich, sieht man vielleicht nicht einmal das, was man direkt vor Augen hat. Ich band mir den Hut wieder um, und Gustav legte sich neben mich in die Sonne und schloss die Augen. Ich brach einen Grashalm ab und ließ ihn über Gustavs Gesicht streichen. Gustav lachte, als der Halm ihn an den Wangen, an Nase, Stirn und Kinn kitzelte.
»Was ist übrigens aus deiner Mütze geworden?«, fragte er.
»Welcher Mütze?«
»Die Mütze, die die Jungen in den Baum geworfen hatten. Hing die noch dort, als du ausgerissen bist?«
»Ja, die war noch dort.«

»Ob sie wohl immer noch da hängt?«, murmelte Gustav.
»Das tut sie bestimmt.«
Gustav richtete sich jäh auf.
»Wir holen sie!«, sagte er.
»Wozu soll das gut sein?«
»Nur zum Spaß«, erklärte er. »Niemand wird sich erklären können, wie das möglich war.«
Mir blieben die Worte im Hals stecken.
»Aber ich kann unmöglich dorthin! Stell dir vor, jemand erkennt mich!«
»Wir machen es in der Nacht«, sagte Gustav. »Oder spät abends nach dem Theater. Denk dir irgendeine Ausrede aus, warum du wegmusst.«
Ich wollte Gustavs Vorschlag eigentlich nicht zustimmen, aber feige wollte ich auch nicht wirken, darum sagte ich Ja und verabredete mich noch für diesen Abend mit ihm.
Als ich aufstand, um zu gehen, sagte Gustav:
»Eine Sache noch.«
»Was denn?«
»Hast du deine Jungenkleider aufgehoben? Die du anhattest, als du ausgerissen bist?«
Das hatte ich ja. Sie lagen in dem Bündel unter meinem Bett.
»Dann zieh sie heute Abend an.«
Ich wandte ein, wenn ich es schon riskierte, mich in der Nähe des Waisenhauses zu zeigen, dann sollte ich

das doch möglichst gut verkleidet tun, und nicht in meinen alten Waisenhaussachen! Aber Gustav sagte, ein anständiges Mädchen in Hut und Schnürstiefeln, das ohne erwachsene Begleitung spätabends unterwegs sei, würde Aufmerksamkeit erregen. Dagegen würde sich niemand über zwei Jungen in abgetragener, geflickter Kleidung wundern.

Im Laufe des Tages beunruhigte mich der Gedanke an das, was bevorstand, mehr und mehr. Sollte ich wirklich alles für einen Lausbubenstreich aufs Spiel setzen? Insgeheim nagte eine noch tiefere Sorge an mir: Ich musste immer wieder daran denken, dass ich Gustav vor dem Theater gesehen hatte, in ein Gespräch mit meinem alten Feind aus dem Waisenhaus vertieft. War die Idee mit der Mütze womöglich eine Falle? War Frettchen beauftragt worden, Gustav dazu zu überreden, mich zurückzulocken? Würden der Waisenhausdirektor und die Stadtwache mich dort erwarten wie Jäger ihre Beute?

Gustav gegenüber erwähnte ich nichts von diesen Gedanken, denn was hätte ich sagen sollen? Dass ich ihn verdächtigte, mein Geheimnis verraten zu haben? Das wäre das Ende unserer Freundschaft gewesen.

Mit all meiner Willenskraft schob ich die schwarzen Gedanken beiseite. Bestimmt war es reiner Zufall, dass Gustav ein paar Worte mit Frettchen gewechselt hatte. Wie kam ich dazu, einem Freund zu misstrauen? Denn

Gustav war doch mein Freund? Daran musste ich glauben, sonst wäre die ganze Welt schlecht, und ich könnte genauso gut ins Waisenhaus zurückkehren.

Als ich mit Angelique zum Theater ging, schmuggelte ich mein Kleiderbündel in eine Tasche mit frisch gebügelter Bühnenkleidung, die wir mitnahmen. Ich hatte mir eine Ausrede ausgedacht, um nach der Vorstellung nicht sofort zu unserem Zimmer zurückkehren zu müssen, brauchte sie schließlich aber nicht anzuwenden. Während ich Angelique half, ihr Bühnenkostüm auszuziehen, war sie schweigsam und nachdenklich, und als sie dann begann, ihr hochgestecktes Haar herunterzulassen, murmelte sie nur:
»Du kannst vorausgehen, wenn du willst. Ich komme etwas später nach.«
Angeliques Verhalten mir gegenüber hatte sich verändert. Sie war keineswegs unfreundlich, unterhielt sich aber nicht mehr so vertraulich mit mir wie bisher. Manchmal wirkte sie abwesend, als wäre sie mit ihren eigenen Gedanken beschäftigt und würde sich nicht für das interessieren, was um sie herum geschah. Nach der Vorstellung schickte sie mich oft voraus und blieb allein in ihrer Garderobe zurück. Am nächsten Tag stand dort fast jedes Mal ein üppiger Blumenstrauß in einer Vase,

und mir fiel auf, dass sie ein neues Armband hatte, das aus Gold zu sein schien.
Am heutigen Abend passte es jedenfalls gut, dass keiner von uns dem anderen Fragen stellte. Ich schlüpfte zur Hintertür hinaus und rannte atemlos zu Gustavs Boot. Während Gustav draußen wartete, kroch ich unter das Boot, zog die Mädchenkleider aus, öffnete das Bündel und schlüpfte in Hemd und Hose. Als Junge gekleidet, krabbelte ich wieder hinaus und stand auf. Gustav stieß einen anerkennenden Pfiff aus.
»Aha, so siehst du also aus? Jetzt fehlt nur die Mütze.«
Auf Umwegen schlichen wir in Richtung Waisenhaus. Gustav schien jeden Hinterhof und jedes Gässchen der Stadt zu kennen. Einmal sahen wir von Weitem zwei Stadtwächter, doch da zog Gustav mich rasch hinter einen Bretterzaun, wo wir regungslos liegen blieben, bis die Gefahr vorüber war.
Schließlich waren wir dort, an dem Ort, wo ich den größten Teil meines Daseins verbracht hatte. Ich war nur etwas über einen Monat weg gewesen, dennoch hatte ich das Gefühl, als wäre sehr viel mehr Zeit vergangen.
Der Abendhimmel war schon dunkelblau, aber es war dennoch hell genug, um den Bretterzaun, den Baum und die Mütze deutlich erkennen zu können.
Gustav hatte seine Angelrute mitgebracht. Jetzt stellte er sich dicht vor den Bretterzaun, stach vorsichtig mit der Rute durch das Laub, bis er die Mütze erreichte,

und stupste sie dann immer wieder an, aber sie blieb hängen.

»Sie darf nicht in den Hof fallen«, sagte Gustav. »Dann müssen wir nämlich rüberklettern, um sie zu holen.«

Ich dachte an meine Flucht. Nie wieder wollte ich mich hinter diesem Zaun aufhalten! Gustav stocherte weiter mit der Rute herum und stieß endlich einen triumphierenden Ruf aus.

»Ich hab sie!«

Geschickt balancierte er die Mütze auf der Spitze der Angelrute und hielt sie mir hin.

»Bitte sehr!«

Was sollte ich mit dieser Mütze eigentlich anfangen? Aber trotzdem stieg Freude in mir auf. Wir hatten das getan, was wir uns vorgenommen hatten, es war gutgegangen, niemand hatte uns gesehen, und am nächsten Morgen würden alle im Waisenhaus sich fragen, wo die Mütze, die so lange im Baum gehangen hatte, wohl abgeblieben sei.

Da ging die Eingangstür des Waisenhauses auf und ein Streifen Licht fiel über die Treppe. In der Türöffnung zeichneten sich zwei schwarze Silhouetten gegen das Licht ab.

Gustav und ich duckten uns hinter den Zaun und warteten, während die beiden Personen ein paar Worte wechselten, die wir nicht verstehen konnten. Durch eine der Ritzen in dem Bretterzaun sah ich, wie der eine begann,

die Treppe hinabzusteigen, während der andere ihm mit einer Laterne leuchtete.
Der Offizier und der Waisenhausdirektor! Was hatten diese zwei miteinander zu tun? Wie eine verschreckte Maus kauerte ich mich ganz still zusammen und konnte nur hoffen, nicht entdeckt zu werden.
Aber Gustav packte mich leicht am Arm und flüsterte: »Komm!«
Geduckt rannten wir in die nächstgelegene Gasse, bevor der Rittmeister auch nur zum Hoftor herausgekommen war.

Am Abend nach dem Abenteuer mit der Mütze, als ich wie immer zwischen den Kulissen stand und zum Publikum hinausspähte, sah ich plötzlich ein Gesicht, das ich erkannte. Mitten im Zuschauerraum, auf einem der besseren Plätze mit Rückenlehne, saß der Waisenhausdirektor! Rasch zog ich den Kopf zurück, um nicht gesehen zu werden.
Gestern Abend hatte ich den Offizier und den Direktor des Waisenhauses zusammen beobachtet. Jetzt war der Direktor hier im Theater. Was hatte das zu bedeuten? Waren sie mir auf der Spur? Dass der strenge, ernsthafte Waisenhausdirektor nur gekommen war, um das Lustspiel des Abends anzuschauen, fiel mir schwer zu

glauben – er, der uns Kindern ständig eingeprägt hatte, Lachen, Spiele und Vergnügungen würden der Seele Schaden zufügen.

Während die Vorstellung weiterlief, hielt ich mich hinter der Bühne versteckt. Später, in der Garderobe, versuchte ich so lange wie möglich herumzutrödeln, damit alle im Publikum sich auf den Heimweg machen konnten, bevor Angelique und ich aus dem Theater kämen.

Schließlich verließen wir das Spektakel-Haus gemeinsam durch die Hintertür. Wir wollten gerade um die Ecke biegen, als ein schwarz gekleideter Mann vortrat und uns aufhielt. Obwohl die Dunkelheit sich bereits herabsenkte, sah ich nur zu gut, wer es war.

»Halt!«, sagte der Waisenhausdirektor streng. »Entschuldigen Sie, mein Fräulein, aber ich habe Anlass zu vermuten, dass dieses Kind aus der Einrichtung geflohen ist, die ich die Ehre habe zu leiten.«

»Einrichtung?«, fragte Angelique mit scharfer Stimme. »Johanna ist noch nie in irgendeiner Anstalt gewesen.«

»Nicht als Johanna, falls der Lümmel sich so nennt. Aber als Johan Herbst, welches sein wirklicher Name ist.«

Hinter dem Rücken des Waisenhausdirektors sah ich einen der Stadtwächter zum Eingreifen bereitstehen. Angelique war meine einzige Hoffnung, und sie fand sich schnell zurecht.

»Sie irren sich, mein Herr«, entgegnete sie. »Dieses Mädchen hier ist meine jüngere Schwester. Sie heißt Johanna Ljungberg, und in Ihre sogenannte Einrichtung hat sie noch nie auch nur einen Fuß gesetzt. Das garantiere ich.«

Ihre Unverfrorenheit verblüffte mich. Der Waisenhausdirektor brauchte nur irgendjemanden aus der Theatertruppe zu fragen, um zu erfahren, dass Angelique die einzige Tochter von Herrn und Frau Ljungberg war. Aber meine angebliche Schwester war eine begabte Schauspielerin, es gelang ihr, den barschen Waisenhausdirektor zu verunsichern.

»Ihre Schwester«, sagte er. »Tatsächlich? Ich habe ganz andere Angaben erhalten …«

»Falsche Angaben!«, sagte Angelique. »Viele Leute gefallen sich darin, uns Künstler schlechtzumachen und uns unmoralisches Verhalten vorzuwerfen, doch die irren sich. Wir sind nicht schlechter als andere, und mein Wort ist genauso viel wert wie das eines anderen.«

»Nun, wenn es sich so verhält«, sagte der Direktor mit fast demütiger Stimme, »dann hat sich mein Gewährsmann geirrt und ich muss mich in seinem und meinem eigenen Namen entschuldigen. Einen guten Abend, Fräulein Ljungberg!«

Damit lüftete er den Hut und entfernte sich, von dem Stadtwächter gefolgt. Mein Schutzengel und ich blieben stehen und folgten den beiden Männern mit den Blicken. Als sie sich außer Hörweite befanden, begann Angelique zu kichern.

»Was sagst du dazu?«, sagte sie. »Habe ich meine Rolle gut gespielt oder nicht?«

»Du spielst immer besser als alle anderen«, sagte ich. »Vielen Dank, dass du mir geholfen hast.«

»Das war doch selbstverständlich. Du und ich, wir haben ja Gustav vor der Stadtwache gerettet, obwohl wir ihn nicht einmal kannten. Wie sollte ich dann den Versuch lassen können, dich, die ich liebe, zu retten?«

Dich, die ich liebe. Die Worte trafen mich mitten ins Herz und erfüllten mich von Kopf bis Fuß mit warmem, sprudelndem Glück. Nichts sonst war wichtig. Wenn Angelique mich liebte, was konnte dann schon Schlimmes passieren?

»Ich liebe dich auch«, sagte ich schüchtern.

Angelique legte mir den Arm um die Schultern und zog mich an sich.

»Ja«, sagte sie. »Ich glaube tatsächlich, von allen bist du es, die mich am meisten liebt.«

Angelique, mein Engel, hatte mich noch ein weiteres Mal gerettet. Aber auf die Dauer würde sie mich nicht beschützen können, das war mir natürlich klar. Es genügte, dass der Waisenhausdirektor die anderen Schauspieler nach Angeliques »Schwester« fragte oder auf einem Gespräch mit ihren Eltern bestand, um die Dinge zu klären. Mamsell Henriksson würde mich nicht verraten, davon war ich überzeugt, und Kristoffer auch nicht, wenn Angelique ihn darum bäte, es nicht zu tun. Aber die anderen Herren aus der Truppe würden kaum um meinetwillen die Unwahrheit sagen. Was Herrn und Frau Ljungberg betraf, wusste ich nicht, was ich glauben sollte.

»Die würden dich ausliefern«, sagte Gustav voller Überzeugung, als ich ihn um Rat fragte.

»Glaubst du wirklich?«

»Die feinen Herrschaften halten immer gegen die Armen zusammen«, behauptete Gustav. »Und die Erwachsenen gegen uns Kinder. Verlass dich nie auf einen Erwachsenen und vor allem nicht auf einen, der reich ist.«

Aber ich war nicht davon überzeugt, dass Gustav mit seinen Behauptungen recht hatte. Und waren Angelique und ihre Eltern tatsächlich das, was Gustav als »feine Herrschaften« bezeichnete?

Im Zuschauerraum des Theaters saßen die Einwohner der Stadt aufgeteilt nach ihrer gesellschaftlichen Stellung. Aber wo in dieser Rangordnung gehörten die Schauspieler selbst hin? Das war nicht leicht zu sagen. Wenn sie auf der Bühne standen, waren sie gefeierte Berühmtheiten, die Beifall einheimsten, aber gleichzeitig waren sie auch eine Art Landstreicher, die, ihre gesamte Habe in ein paar Koffern verpackt, von Stadt zu Stadt zogen.

»Und? Was soll ich denn dann machen?«, fragte ich.

»Dann hauen wir ab. Hinaus aufs Land oder in eine andere Stadt. Du und ich, wir kommen immer klar.«

Offensichtlich war es für Gustav selbstverständlich, dass wir zusammenbleiben würden. Bei diesem Gedanken wurde mir ganz warm ums Herz. Gustav wusste, wer ich war, und mochte mich trotzdem, ganz gleich, ob ich ein Junge oder ein Mädchen war. Wenn ich nur gewagt hätte, ihm ganz und gar zu vertrauen! Doch das Gefühl, dass er etwas vor mir verbarg, war noch da, und schließlich musste ich damit herausrücken.

»Und du selbst? Würdest du mich nie verraten, egal, unter welchen Umständen?«

Gustav erstarrte, und sein einer Mundwinkel zuckte leicht.

»Wie kannst du das glauben? Traust du mir nicht?«

»Doch«, sagte ich, aber ...«

Fast beschämt erzählte ich, dass ich gesehen hatte, wie er sich vor dem Theater mit Frettchen unterhielt, und dass ich mich gefragt hatte, ob er mich vielleicht verpfiff.

Gustav wurde wütend.

»Dieser bleiche Affe! Klar hat er nach dir gefragt, aber ich hab gesagt, ich wüsste nur, dass du ein Mädchen vom Land bist, das bei den Schauspielern angestellt ist. Kein Wort mehr habe ich gesagt! Glaubst du mir nicht?«

»Doch«, sagte ich. »Aber es ist, als würdest du irgendwas anderes vor mir verheimlichen.«
Gustav senkte den Blick, dann sah er zu mir auf und danach wieder zu Boden. Ich begriff, dass er etwas sagen wollte, es aber nicht wagte. War vielleicht *er* derjenige, der *mir* nicht traute?
Im Waisenhaus hatte ich davon gehört, dass zwei Jungen sich in die Daumen geschnitten und sie dann aneinandergedrückt hatten, damit das Blut sich vermischte und sie Blutsbrüder wurden. Das war wie ein Versprechen, einander nie im Stich zu lassen.
»Wollen wir unser Blut mischen?«, fragte ich. »Dann sind wir für immer Brüder.«
Gustav zögerte. Er will wohl nicht, dachte ich und hätte vor Enttäuschung am liebsten geheult. Aber als mein Freund sich zu mir umwandte, sah ich, dass er es war, der Tränen in den Augen hatte.
»Das würde ich gern«, sagte er. »Aber Brüder, das können wir nie werden.«
»Warum?«, fragte ich empört. »Warum können wir das nicht?«
»Weil ich kein Junge bin.«
Ich wäre nicht überrumpelter gewesen, wenn er gesagt hätte, er sei ein verkleideter Prinz. Kein Junge! Also ein Mädchen? Ein Mädchen in Jungenkleidern, verkleidet, genau wie ich?
»Ich heiße nicht Gustav, ich heiße Gustava. Oder Stava,

so wurde ich immer genannt. Alles, was ich dir sonst erzählt habe, ist wahr. Mein Stiefvater, die Fabrik, die Flucht, genau, wie ich es beschrieben habe. Aber als ich geflohen bin, wurde mir klar, dass ein Mädchen nicht allein in der Stadt zurechtkommen kann. Es gibt schlechte Menschen, die mich nicht in Ruhe gelassen hätten.«

Ich musste an die drei Männer denken, die mich zu Beginn meiner Flucht belästigt hatten, und nickte: Ja, das verstand ich.

»Die Jungenkleider hab ich von einer Wäscheleine geklaut«, fuhr Gustav fort. Oder vielmehr Stava. »Genau wie du, nur das Gegenteil davon.«

»Aber warum hast du nichts gesagt? Als ich dir erzählte, dass ich ein Junge bin. Warum hast du da nicht gesagt, dass du auch verkleidet bist?«

»Ich dachte, so wäre es besser. Dass es für zwei Jungen leichter wäre, Freunde zu sein.«

»Nein«, sagte ich. »Junge oder Mädchen, das spielt keine Rolle. Wir mischen unser Blut und werden Geschwister. Wenn du dich weiterhin als Junge kleidest, werde ich es niemandem verraten. Und du verrätst nicht, wer ich bin und woher ich komme.«

»Abgemacht«, sagte Stava und drehte sich mit einem breiten Lächeln zu mir um. »Ich hole das Messer.«

Sie kroch unter den Bootsrumpf und kam mit dem Messer in der Hand zurück.

»Du zuerst!«, sagte sie.
Schnell zog ich die Messerklinge an der weichen Innenseite des Daumens entlang. Kurz spürte ich ein Brennen, dann sah ich ein paar Tropfen Blut hervorsickern.
»Beeil dich! Solange es blutet!«
Ich reichte Stava das Messer. Sie nahm es und machte einen raschen Schnitt. Mit heftig pochendem Herzen presste ich meinen Daumen, der ganz heiß geworden war, an den ihren.
Dann bewegten sich unsere Daumen sachte auseinander.
»Wir werden uns nie trennen«, sagte ich.
»Nie«, wiederholte Stava. »Jetzt sind wir Geschwister, du und ich.«

Neuntes Kapitel

DER BRAND

Der Aufenthalt der Theatertruppe in der Stadt näherte sich seinem Ende. Nach der letzten Vorstellung würden die Kostüme, Requisiten und Kulissen zusammengepackt und auf Lastkarren geladen werden. Wir selbst würden in die gemieteten Wagen steigen, die uns in die nächste Stadt befördern sollten.

Als Abschiedsvorstellung hatte Direktor Ljungberg ein neu geschriebenes Drama gewählt, das er selbst für die Bühne bearbeitet hatte. Die Schauspieler murrten, weil sie ein neues Stück einstudieren mussten, aber der Theaterdirektor war davon überzeugt, dass es ein großer Erfolg werden würde und alle Einwohner der Stadt danach voller Ungeduld darauf warten würden, die Ljungbergsche Truppe im nächsten Jahr wieder im Spektakel-Haus begrüßen zu dürfen.

Die ganze Woche lang probten die Schauspieler intensiv, auch an den Tagen, an denen abends Vorstellung war.

Aber weil sie das neue Stück nie zusammenhängend spielten, sondern nur einzelne Szenen probten, bekam ich kein klares Bild von der Handlung. Ich begriff nur so viel, dass Angelique eine schöne Pfarrerstochter spielte, die den Verstand verlor und verrückt wurde, nachdem sie von einem Unheil nach dem anderen heimgesucht worden war. Zuerst tötete sie bei einem Unfall versehentlich ihre eigene geliebte Mutter. Danach nahm sich ihr Verlobter das Leben, weil man ihm vorgelogen hatte, sie sei untreu gewesen. Sie gebar einen Sohn, der von wilden Tieren im Wald aufgefressen wurde, und später verursachte sie unfreiwillig einen Brand im Pfarrhaus, bei dem ihr Stiefvater, der Pfarrer war, umkam. Sie selbst ertrank in der letzten Szene.

Das war also eines dieser Stücke, in dem alle starben. Aber Angelique mochte es trotzdem lieber als die meisten anderen dieser Art. Die Dialoge seien schön, sagte sie, und sie schien es zu genießen, eine Wahnsinnige zu spielen, mit aufgelöstem Haar und wildem Gesichtsausdruck.

Für das Bühnenbild des brennenden Pfarrhauses hatte Herr Ljungberg einen dünnen Vorhang anfertigen lassen, der im richtigen Moment vor der Bühne herabgelassen werden sollte. Auf dem fast durchsichtigen Stoff hatte ein Kulissenmaler lodernde Feuerflammen abgebildet. Wenn Herr Wikander in der Rolle des alten Pfarrers und Angelique sich zwischen dem mit Flammen bemalten Vorhang und dem Fond, auf dem das Pfarrhaus zu sehen war, bewegten, sollte das Publikum den Eindruck gewinnen, ein brennendes Gebäude zu sehen, aus dem sich die beiden Menschen zu retten versuchten. Um die Illusion noch zu verstärken, sollten ein paar Schauspieler zwischen den Kulissen stehen und Öllampen, die sie von der Rampe geholt hatten, hin und her schwenken. Das würde sehr wirkungsvoll werden, meinte Herr Ljungberg, so wirkungsvoll, dass viele im Publikum glauben würden, es brenne tatsächlich.

»Und wenn sie dann vor Entsetzen hinausrennen?«, wandte seine Frau ein.

»Dann machen wir eben ein Plakat«, sagte Herr Ljungberg. ›*Bitte ruhig sitzen bleiben, das Feuer ist nicht echt.*‹ Das muss einer von uns hochhalten, falls eine Panik ausbricht.«

Zwei, drei Schauspieler sollten auf die Bühne stürzen und versuchen, den Pfarrer und seine Tochter zu retten, zwei der Mitwirkenden müssten die Lampen halten und schwenken und einer müsste auf den Dachboden hinauf, um den Vorhang mit den gemalten Flammen herabzulassen. Herr Ljungberg zählte seine Truppe immer wieder von Neuem durch, und jedes Mal kam er zu demselben Ergebnis: Damit alles klappte, fehlte eine Person.

»Wir müssen einen der Knechte bitten, beim Schwenken der Lampen auszuhelfen«, sagte er. »Da hilft nichts.«

»Ich habe einen anderen Vorschlag«, sagte Angelique.

»Nämlich?«

»Du hast Johanna nicht mitgezählt.«
Der Theaterdirektor schüttelte den Kopf.
»Kinder und Feuer, nein, das ist zu heikel.«
»Aber den Vorhang kann sie doch herunterlassen«, sagte Angelique. »Wenn sie rechtzeitig auf den Schnürboden hinaufklettert, braucht sie nur die Stricke zu lösen und den Vorhang fallen zu lassen. Das schaffst du doch, Johanna?«
Angelique wollte ihrem Vater natürlich beweisen, dass ich mich durchaus nützlich machen konnte, jetzt und auch in Zukunft, und obwohl ich mich davor fürchtete, auf den offenen Schnürboden hinaufzuklettern, antwortete ich daher:
»Ja, das schaffe ich.«
Am Freitagabend würde man endlich das ganze Stück durchproben. Die Generalprobe nannte Angelique das und erklärte, die müsse eigentlich schiefgehen, damit die Premiere erfolgreich werde.
Im ersten Akt lief alles gut: Sämtliche Schauspieler traten zum richtigen Zeitpunkt auf und nahmen die richtigen Plätze auf der Bühne ein, und es kam nur zweimal vor, dass jemand seinen Text nicht mehr wusste und Mamsell Henriksson ihm zurufen musste. Die Mamsell hatte nur eine kleine Rolle als Pfarrköchin und gehörte zu der Gruppe, die auf die Bühne stürzen sollte, um den Hausherrn und dessen Tochter vor dem Feuer zu retten. Die übrige Zeit saß sie im Souffleurkasten.

Meine Aufgabe war es, in der Pause nach oben auf den Schnürboden zu klettern und danach still und lautlos dort zu sitzen und abzuwarten, bis es an der Zeit wäre, den Vorhang mit den Flammen hinunterzulassen. Kristoffer und Herr Holm stellten hinter dem Fond die Leiter auf, und während ich nach oben kletterte, blieb Kristoffer stehen, um sie festzuhalten. Dafür war ich ihm dankbar.

Der Schnürboden befand sich viele Meter über der Bühne, ein grober Bretterboden mit Öffnungen für verschiedene mechanische Vorrichtungen, der am hinteren Ende von der Giebelwand des Gebäudes begrenzt wurde. An der Vorderkante gab es nicht einmal ein Geländer, an dem man sich hätte festhalten können. Die Dachschräge war so niedrig, dass ich mich nicht aufrecht, sondern nur geduckt oder kriechend bewegen konnte.

Anfangs setzte ich mich weit hinten auf den Bretterboden, aber von dort aus konnte ich das Theaterstück nicht sehen, darum rutschte ich vor an die Kante und legte mich schließlich auf den Bauch, damit ich von oben auf die Bühne hinabspähen konnte. Ich hatte sorgfältige Anweisungen erhalten, auf welche Dialogstelle ich horchen sollte, um die Stricke, die den Vorhang auf seiner Rolle festhielten, rechtzeitig zu lösen. In dem Augenblick, da Frau Ljungberg – sie spielte die treue Freundin der Pfarrerstochter – die Worte *Hilfe, Hilfe, es brennt!* ausrief und Kristoffer und Herr Björkegren links und rechts in den Kulissen die Lampen hin und her schwenkten, musste ich ihn dann fallen lassen.

Von meinem Aussichtspunkt aus hatte ich nicht nur über die Bühne einen guten Überblick, sondern auch über den verdunkelten Zuschauerraum. Er war leer, bis auf Herrn Ljungberg, der auf einer Bank in der Mitte saß, um sein Werk zu begutachten und alles zu notieren, was bis zur Premiere am nächsten Abend verbessert werden musste. Aber plötzlich glaubte ich, oben auf dem Balkon ein schwaches Funkeln zu sehen. Das hätte nicht sein dürfen, denn wer konnte sich dort schon aufhalten, nachdem dies nur eine Probe ohne Zuschauer war? Ich bemühte mich, genauer hinzusehen, konnte in dem undurchdringlichen Dunkel über dem hinteren Teil des Zuschauerraums aber nichts erkennen. Bestimmt hatte ich mir das nur eingebildet, sagte ich mir, und richtete meine Aufmerksamkeit wieder auf das, was sich auf der Bühne abspielte.

Da kam er endlich, der erste Satz, der ein Stichwort für mich enthielt! Es war Angelique, die ihn aussprach:

»*Wo ist mein Kind? Mein Junge? Mein letzter Sonnenschein? Mein Sohn? Mein Sohn!*«

Als die Freundin erwiderte, das Kind sei tot, sollte Angelique so tun, als würde sie einen Leuchter umstoßen, der neben ihrem Bett stand, und die Flamme sollte dann das Bettzeug in Brand stecken. Aber jetzt hatte ich keine Zeit mehr, nach unten zu schauen. Ich löste die Knoten an den beiden Enden des Vorhangs auf und hielt mich bereit.

»*Hilfe! Hilfe!*«

Der Ruf hallte in dem leeren Zuschauerraum. Ich ließ den Vorhang los und sah ihn zur Rampe hinunterfallen, die die Bühne vom Zuschauerraum trennte.

»*Es brennt!*«

»Ausgezeichnet!«, hörte ich Direktor Ljungberg von seinem Platz im Zuschauerraum rufen. »Großartig! Wenn es morgen genauso gut klappt, kriegen wir einen Riesenerfolg!«

Die Premiere war bis auf den letzten Stehplatz ausverkauft, und die Zuschauer, die keine nummerierten Eintrittskarten hatten, drängten sich schon mehr als eine Stunde im Voraus vor dem Spektakel-Haus, um einen möglichst guten Platz zu ergattern.

Als Angelique fertig kostümiert war und ich ihr mit der Frisur geholfen hatte, schickte sie mich hinaus, um einen Blick auf das Publikum zu werfen.

»Es ist gesteckt voll«, berichtete ich, als ich wieder in die Garderobe kam. »Und alle reden davon, dass dies bestimmt etwas ganz Einmaliges wird.«

Angelique lächelte.

»Gut«, sagte sie. »Dann ist es meinem lieben Papa tatsächlich gelungen, das Gerücht zu verbreiten, dass wir diesmal etwas Sensationelles zu bieten haben. ›Die erstaunlichsten Szenen, die jemals auf dem Theater gezeigt worden sind!‹«

»Wie hat er das gemacht?«

»Er bezahlt Leute«, sagte Angelique, als wäre das die selbstverständlichste Sache der Welt. »Meistens kleine Jungs, die verbreiten gern Gerüchte und erwarten nicht viel Geld dafür. Soviel ich weiß, hat dein Freund Gustav auch eine Kleinigkeit dafür bekommen und dazu noch eine Freikarte.«

Aha, dann würde Stava heute Abend im Theater sein! Von meinem üblichen Platz hinter den Kulissen spähte ich nach meiner Freundin und entdeckte sie schließlich im Stehplatzpublikum. Ein Sitzplatz für die Jungen, die für die Vorstellung Werbung gemacht hatten – so weit erstreckte sich das Wohlwollen des Theaterdirektors dann offenbar doch nicht.

Wie immer warf ich auch einen Blick zum Balkon, wo der Offizier zu sitzen pflegte, und sah wie so oft bisher das Fernglas auffunkeln. Das erinnerte mich an den Lichtreflex, den ich während der Probe gesehen hatte – und plötzlich empfand ich ein leichtes Unbehagen. Doch als Angelique die Bühne betrat und ihren ersten Satz sprach, vergaß ich es wieder und ging vollkommen in dem Theaterstück auf.

Der erste Akt lief ausgezeichnet. Alle hatten den Tag damit verbracht, sich den Text einzuprägen, den sie am Abend zuvor noch nicht beherrscht hatten, und Mamsell Henriksson musste kein einziges Mal eingreifen.
In der Pause konnte ich noch ein paar Worte mit Stava wechseln, bevor ich mich in die Garderobe begab, für den Fall, dass Angelique oder ihre Mutter meine Hilfe benötigten. Als es zum zweiten Akt läutete, raffte Angelique ihre Röcke und stieg die enge Wendeltreppe zum Raum hinter der Bühne hinauf. Ich kam hinterher und kletterte oben dann auf der Leiter, die Kristoffer für mich festhielt, zum Schnürboden hinauf. Dort legte ich mich wieder so hin wie am Abend zuvor und blickte auf den voll besetzten Zuschauerraum hinaus: dreihundert erwartungsvolle Gesichter, die alle in dieselbe Richtung schauten.
Die Lichter am Kronleuchter wurden gelöscht, und das Spiel konnte beginnen. Ich folgte sämtlichen Wendungen des fesselnden Dramas, hatte aber die ganze Zeit das Gefühl, dass etwas nicht stimmte. Erst als die Szene mit dem Brand sich näherte, kam ich darauf, was es war: Als das Publikum nach der Pause Platz nahm, hatte ich keinen Lichtreflex vom Balkon gesehen. War der Rittmeister mitten in der Vorstellung gegangen?
Sehr eigenartig, aber jetzt musste ich mich auf meine Aufgabe konzentrieren, die zwar nicht sehr groß war, aber dennoch wichtig.

»Wo ist mein Kind? Mein Junge? Mein letzter Sonnenschein? Mein Sohn? Mein Sohn!«
Ich hatte diese Worte inzwischen ja schon oft gehört, aber jetzt erst wurde mir die Verzweiflung richtig bewusst, die in Angeliques Stimme lag, als sie das aussprach – die tiefe Qual einer Mutter, die ihr Kind verloren hat. Hatte irgendjemand jemals so um mich getrauert?
Bisher hatte ich mir immer vorgestellt, meine Eltern hätten mich nicht haben wollen und mich ohne Schmerz oder Kummer dem Waisenhaus überlassen. Aber vielleicht hatten sie keine andere Wahl gehabt, vielleicht hatten sie mich weggeben müssen, damit ich überhaupt überlebte? Vielleicht hatten sie Tag für Tag an mich gedacht und sich gefragt, ob ich am Leben sei, wie es mir wohl erging und wie ich aussehen mochte? Ich bekam einen dicken Kloß im Hals und musste angestrengt schlucken, um ihn loszuwerden. Einen Augenblick lang verlor ich die Aufmerksamkeit und fürchtete kurz, ich hätte meine Stichwörter verpasst. Schnell blickte ich auf die Bühne hinunter. Eine flackernde Flamme in der rechten Kulisse, wo Herr Björkegren stand, und eine in der linken, wo Kristoffer –
Ich zuckte zusammen. In der linken Kulisse tanzte nicht nur eine Feuerzunge umher, nein, hier waren es zwei! Ich vergaß die Angst vor dem Herunterfallen und rutschte noch ein Stück über den Rand, um sehen zu

können, was da vor sich ging. Halb hinter der linken Kulisse verborgen, bewegten sich zwei schwarze Schattengestalten. Zwei, obwohl es nur eine hätte sein dürfen! Eisiger Schrecken presste mir die Eingeweide zusammen. Dort unten stand jemand, der nichts dort verloren hatte!

»Hilfe! Hilfe! Es brennt!«

Ich ließ den Vorhang mit den gemalten Flammen fallen und hörte, wie ein Raunen durch den Zuschauerraum ging. Ein paar Leute schrien vor Schreck laut auf. Die Wirkung war genau so, wie der Theaterdirektor gehofft hatte. Jetzt galt es, dem Publikum deutlich zu machen, dass das Feuer eine Illusion war und keine Wirklichkeit. Aber Direktor Ljungberg hatte ja ein Schild malen lassen, das hochgehalten werden sollte, falls unter den Zuschauern Panik ausbrach. Das wusste ich.

Plötzlich hörte ich noch einen Ruf:

»Es brennt! Hilfe, Hilfe! Rettet euch!«

Was war jetzt das? Eine schreckerfüllte Frauenstimme, die zu keinem der Schauspieler gehörte, danach ein Schrei, der so klang, als käme er von Angelique. Schleunigst robbte ich wieder an den Rand vor und sah zur Bühne hinunter.

Es brannte!

Es brannte tatsächlich in der linken Kulisse, und kleine Feuerflammen krochen über den Bühnenboden nach vorn. Herr Wikander stand wie festgefroren mitten

auf der Bühne. Angelique machte ein paar unsichere Schritte zuerst nach links, dann nach rechts, bevor sie über ihre langen Röcke stolperte und hinfiel.
Das Publikum stürzte schreiend zum Ausgang. Ich sah Kristoffer auf die Bühne rennen, Angelique aufheben und mit ihr in den Armen rechts zwischen den Kulissen verschwinden.
Die Flammen leckten sowohl an den seitlichen Kulissen als auch am Fond hoch, und das Bettzeug in dem großen Bett mitten auf der Bühne fing auch schon Feuer. Jetzt konnte ich nicht darauf warten, dass jemand mir die Leiter festhielt. Ich kroch rückwärts bis zur Öffnung im Dachboden, wo die Leiter stehen sollte.
Sie stand nicht dort! Ein leeres Loch gähnte mir entgegen. Zum Boden darunter waren es viele Meter.
Der Schock raubte mir den Atem, der Puls klopfte mir wie wild im Hals. Jemand hatte die Leiter von der Öffnung entfernt, wo sie kurz zuvor gestanden hatte. Wer? Warum? Angst drückte mir die Kehle zu und machte mir das Atmen schwer.
Ich sah Herrn Björkegren und Frau Ljungberg die Wendeltreppe hinunter verschwinden, dicht gefolgt von Herrn Åström und Herrn Holm.
»Hilfe!«, rief ich, so laut ich konnte. »Hilfe, Hilfe!«
Niemand hörte mich, niemand sah sich um, niemand schien sich daran zu erinnern, dass ich noch oben auf dem Schnürboden war.

Inzwischen hatte der Fond Feuer gefangen, und die gemalte Fassade, die den Pfarrhof darstellte, ging in Flammen auf. Es sprühte und knisterte, als Stoff und trockenes Holz von den Flammen verschlungen wurden, die rasend schnell die Fantasiewelt der Bühne vernichteten und den leeren Raum dahinter bloßlegten.

Aus dem Zuschauerraum drangen immer noch Schreie und Rufe, die aber schwächer wurden, demnach hatten alle es ins Freie geschafft, bevor das Feuer die Bankreihen erreichte. Vielleicht war ich allein in einem Haus zurückgeblieben, das in Flammen stand.

Sollte ich springen, wie damals vom Baum auf dem Hof des Waisenhauses? Aber bis auf den Boden unter mir waren es mehrere Meter. Mit einem gebrochenen Bein würde ich nie die Wendeltreppe hinunterkommen.

Das Prasseln des Feuers wuchs zu einem Tosen, als die gesamte Holzkonstruktion Feuer fing. Über dem Fußboden lag schwarzer Rauch. Oben, wo ich mich befand, ließ sich die Luft vorläufig noch atmen, sie wurde aber immer heißer.

Mein neues Leben hatte doch eben erst angefangen, würde es jetzt so enden?

»Nein, nein, nein!«, schrie ich, aber ich wusste, dass niemand mich hören konnte.

Da sah ich eine Gestalt aus dem Rauch hochschießen, als käme sie aus der Unterwelt. Sie war groß und bewegte sich langsam durch die grauschwarzen Schwaden.

Als die Gestalt sich direkt unterhalb von mir befand, erkannte ich Mamsell Henriksson.
»Johan!«, rief sie. »Spring, Johan, ich fang dich auf!«
Ich sah, wie sie die Arme ausbreitete, und dann sprang ich. Wir taumelten und landeten auf dem Holzboden, aber schneller, als ich es der dicken Mamsell zugetraut hätte, kamen wir beide wieder auf die Beine.
»Zur Treppe, Johan!«, rief sie. »Renn hinunter! Ich nehme den anderen Weg.«
Ich wusste, dass die Wendeltreppe für Mamsell Henriksson zu eng war. Als ich mich in dem brennenden Theater umsah, konnte ich mir nicht vorstellen, wie sie in die andere Richtung hinauskommen sollte.
»Lauf!«, rief sie wieder. »Warte nicht auf mich! Renn einfach!«
Ich gehorchte und rannte zur kreisförmigen Öffnung der Treppe, mit einem einzigen Gedanken im Kopf: Nichts wie raus! Aber als ich den Fuß auf die oberste Treppenstufe setzte, spürte ich, wie etwas sich um mein Fußgelenk schloss und es festhielt. Eine Hand? Nein, das war unmöglich, es musste ein Strick sein, den jemand verloren hatte und der sich jetzt um meinen Knöchel ringelte.
Ich streckte den anderen Fuß nach unten, um das, was da hängen geblieben war, abzustreifen, aber sofort schloss sich ein genauso harter Griff auch um diesen Fuß. Wie ich mich auch bemühte, es gelang mir nicht,

mich zu befreien, stattdessen verlor ich das Gleichgewicht und fiel neben der Treppenöffnung um. Verzweifelt kämpfte ich, um freizukommen, aber vergeblich. Mein Herz hämmerte vor Angst. Jemand befand sich dort auf der Treppe, jemand, der mich daran hindern wollte, zu entkommen.

»Lass mich los!«, schrie ich. »Ich will nicht sterben!«

Der Griff um meine Fußgelenke lockerte sich plötzlich, aber bevor ich auf die Füße kommen konnte, erhob sich ein Kopf aus der Öffnung, wie eine Schlange sich erhebt, um zuzubeißen. Dem Kopf folgten zwei Schultern, ein Oberkörper, zwei gestiefelte Beine. Hilflos zuckte ich zurück und versuchte, mich zu erheben, wurde aber durch einen Fuß gehindert, der sich mir auf die Brust presste. Hinter mir stürzte einer der dicken Deckenbalken krachend herab und verbreitete einen Funkenregen in der raucherfüllten Luft über mir.

»Aber sterben sollst du!«, zischte der Rittmeister. »Wie du es schon längst hättest tun sollen.«

»Warum?«, fragte ich hilflos. »Warum muss ich sterben? Was habe ich getan?«

»Nicht, weil du etwas getan hast, sondern weil du jemand bist. Du hättest im Waisenhaus bleiben und dich damit begnügen sollen, der zu sein, zu dem ich dich gemacht hatte. Dann hättest du leben dürfen, das erbärmliche kleine Leben, das du wert bist.«

Ich verstand nicht, wovon der Mann redete, nur, dass er

etwas über mich wusste, wovon ich selbst keine Ahnung hatte. Etwas, das mein Tod werden sollte.

Da schleuderte sich plötzlich etwas Großes, Unförmiges auf den Rittmeister. Die Gestalt war von Flammen umhüllt: brennende Kleider, brennende Haare. Der Offizier kam ins Schwanken und fiel die Wendeltreppe hinab. Mit einem dumpfen Aufprall schlug sein Körper unten auf dem Boden auf.

»Lauf!«, rief die brennende Gestalt, und ich erkannte Mamsell Henrikssons Stimme. »Lauf jetzt, um dein Leben!«

Ich kam auf allen vieren hoch und schaffte es dann, aufzustehen. Ohne zu zögern lief ich die Wendeltreppe hinunter. Unten stieg ich über den Offizier hinweg, der, den Kopf in einem eigenartigen Winkel, regungslos dalag, stürzte durch den Flur und gelangte durch die Hintertür ins Freie. Draußen stand Angelique, die Wangen von Tränen gestreift. Sie nahm mich in die Arme und drückte mich fest an sich. Bevor ich die Augen schloss, sah ich noch Stava neben ihr stehen.

Aber was ich hinter meinen geschlossenen Augenlidern sah, war das schreckliche Bild von Mamsell Henriksson, in ein Gewand aus Feuer gehüllt.

Zehntes Kapitel

DIE BEERDIGUNG

Am nächsten Morgen war nur noch eine schwarz verkohlte Ruine vom Spektakel-Haus übrig. Schweigende Menschengruppen lösten sich allmählich auf, nachdem sie die ganze Nacht dort ausgeharrt hatten, um zuzuschauen, wie ihr Theater herunterbrannte. Ein scheußlicher schwarzer Rauch verbreitete immer noch seinen Gestank über den angrenzenden Vierteln, aber zum Glück war es in der Nacht beinah windstill gewesen, darum hatte das Feuer nicht auf weitere Häuser übergegriffen.

Als wir nachts in unser Zimmer kamen, hatte Angelique mich weinend um Verzeihung gebeten, weil sie nicht dafür gesorgt hatte, dass ich aus dem brennenden Theater herauskam. Alles sei so schnell gegangen, sagte sie, das Feuer, das plötzlich Wirklichkeit geworden war, ihre eigene Verwirrung und Angst, und dann Kristoffer, der an nichts anderes gedacht habe als daran, sie zu retten. Erst als sie das brennende Gebäude durch die Hintertür verließen, sei ihr aufgegangen, dass ich noch dort drin war. Sie habe sofort zurückrennen wollen, doch Kristoffer und ihr Vater hatten sie daran gehindert und gesagt, ich würde sicher auf eigene Faust einen Weg ins Freie finden. Mit jeder Minute, die verstrich, während sie mit den übrigen Schauspielern draußen vor der Hintertür stand, seien ihre Angst und Gewissensqual größer geworden.

»Und dann bist du gekommen!«, sagte sie. »Du kamst, als wir alle schon glaubten, es sei zu spät. Aber warum hast du so lange gebraucht?«

»Die Leiter war weg«, sagte ich.

»Weg? Wie kann das passiert sein?«

Ich zögerte. Sollte ich ihr alles erzählen? Aber wie sollte ich erklären, dass ein vornehmer Herr, ein Offizier, ein mörderisches Feuer gelegt hatte, um einem unbedeutenden Geschöpf wie mir das Leben zu nehmen? Ich verstand es ja selbst nicht, warum er das hatte tun wollen. Würde mir überhaupt jemand glauben, wenn ich das alles erzählte? Die Einzigen, die außer mir die Wahrheit gewusst hatten, waren tot. Ich beschloss, sie für mich zu behalten.

»Jemand muss die Leiter umgestoßen haben, als ihr hinausgerannt seid«, sagte ich. »Darum konnte ich nicht vom Schnürboden herunterkommen. Mamsell Henriksson hat mich gesehen, sie rief mir zu, ich solle springen, und fing mich auf.«

»In ihren Armen«, sagte Angelique leise.

»Dann sagte sie, ich solle zur Treppe laufen«, fuhr ich fort. »Sie selbst versuchte durch den Zuschauerraum zu entkommen. Aber ...«

Ich verstummte.

»Sie war ein guter Mensch«, sagte Angelique. »Sie hat das getan, was ich hätte tun sollen, sie hat dein Leben gerettet. Und ich, ich ließ dich im Stich, als du mich am meisten gebraucht hättest. Die Karten hatten recht, obwohl ich es nicht begriff.«

Tränen tropften aus ihren Augen in das Waschwasser, das dunkel war von Ruß.

Nachdem ich ein paar Stunden unruhig geschlafen hatte, ging ich zum Frühstück hinunter. Angezogen hatte ich eins von Angeliques Kleidern, das viel zu groß war. Das karierte Kleid hing zum Trocknen in unserem Zimmer.

Angelique hielt mich fest an der Hand, als wir in den Speiseraum des Gasthofes traten, so, als wolle sie mich nicht mehr von sich lassen.

Die Schauspieler waren alle im Speiseraum versammelt, aber keiner rührte das frische Brot oder die duftende Butter an. Inzwischen hatten sie den Ruß abgewaschen und ihre ruinierten Bühnenkostüme gegen saubere Kleidung getauscht. Herr Wikander war auf dem Weg aus dem Theater gestürzt und trug jetzt den einen Arm verbunden, Herr Björkegren hatte eine Schürfwunde im Gesicht. Ansonsten waren alle unverletzt – alle bis auf eine.

Angeliques Vater ergriff das Wort und teilte mit, die Abreise müsse aufgeschoben werden. Er habe das Theater in der Nachbarstadt bereits benachrichtigt, dass die Theatertruppe mindestens eine Woche später eintreffen werde.

So viel Zeit sei notwendig, damit alle sich von dem Schock erholen könnten, aber auch, um die Brandursache zu klären. Schlimmstenfalls werde er selbst als Theaterdirektor zur Verantwortung gezogen, dann kämen langwierige Prozesse mit den Eigentümern des Gebäudes auf ihn zu.

Direktor Ljungbergs Augen waren rot vor Schlaflosigkeit, und er räusperte sich immer wieder beim Sprechen. Auf eine Frage von Herrn Holm antwortete er, die Gagen der Schauspieler würden während der Unterbrechung wie immer ausbezahlt, aber falls man länger als eine Woche hierbleiben müsste, würden die Vorstellungen in der Nachbarstadt ganz eingestellt, und alle müssten früher als sonst in die Sommerpause gehen.

»Wir haben große Verluste erlitten«, sagte er. »Kostüme, Kulissen, Requisiten, alles hat sich in Rauch aufgelöst und muss ersetzt werden. Wenn die Eigentümer mich wegen des Brandes verklagen, kommt es zum Konkurs.

Doch das sind irdische Dinge. Wir wissen alle, was der wirklich große Verlust ist: das Leben eines Menschen.«
Angelique schluchzte auf, und ihre Mutter führte ein Taschentuch an den Augenwinkel.

Angelique ging ruhelos im Zimmer auf und ab, setzte sich hin, stand auf, griff nach einem Buch, las ein paar Zeilen und warf es wieder von sich. Schließlich sagte sie:
»Hast du sonst jemanden dort drinnen gesehen? Direkt bevor du hinausgerannt bist?«
»Nein«, log ich. »Da waren nur Mamsell Henriksson und ich.«
»Bist du ganz sicher?«
»Ja.«
Beim Abendessen erfuhren wir, dass zwei tote Körper in der Ruine des Spektakel-Hauses gefunden worden waren. Beide waren schwarz verbrannt, aber der eine trug einen Diamantring, den Frau Ljungberg als Mamsell Henrikssons Ring wiedererkannt hatte. Der andere Körper war der eines Mannes, war aber noch nicht identifiziert. Die Nachricht von dem toten Mann schien Angelique noch mehr in Unruhe zu versetzen.
Spät am Abend, als ich schon eine Weile geschlafen hatte, wachte ich von flüsternden Stimmen auf. Im Zimmer

war es dunkel, aber ich konnte die Umrisse von zwei Personen erkennen, eine auf Angeliques Bett, die andere im Sessel. Die eine Stimme gehörte Angelique, die andere Kristoffer.

»Aber wie hat er es begründet?«, fragte Angelique.

»Eigentlich gar nicht«, antwortete Kristoffer. »Er sagte, er liebe das Theater und wolle gern irgendwie helfen. ›Ein bescheidener Beitrag von einem, der niemals selbst mitten auf der Bühne stehen wird‹, sagte er, an diese Worte kann ich mich gut erinnern.«

»Und du hast Ja gesagt?«

»Zuerst nicht«, antwortete Kristoffer stockend.

Angelique holte hörbar Luft.

»Was hat er dir versprochen?«

Anstelle einer Antwort begann Kristoffer zu weinen.

»Es ist meine Schuld«, jammerte er. »Ich hätte ihn auffordern sollen, an seinen Platz zurückzukehren, höflich, aber bestimmt. Es ist meine Schuld, dass das Theater abgebrannt ist und unsere Truppe vielleicht Konkurs macht. Es ist meine Schuld, dass Mamsell Henriksson tot ist, meine Schuld, einzig und allein meine …«

Angelique unterbrach ihn.

»Ich glaube, ich weiß, was er dir versprach«, sagte sie. »Dass er mir nicht mehr den Hof machen werde. War es nicht so?«

»Doch, doch«, wimmerte Kristoffer. »So war es. Du weißt nicht, wie ich in dieser Zeit gelitten habe. Zuschauen zu müssen, wie er in deine Garderobe kam, die Blumen und die kostbaren Geschenke zu sehen, die er dir schickte, und immer zu wissen, dass ich nur ein armer Schauspieler bin, der dir nichts zu bieten hat.«

»Du bist ja so dumm!«, unterbrach Angelique ihn erneut. »Wie konntest du glauben, dass ich ihn dir vorziehen würde? Du bist doch der, den ich liebe!«

»Aber warum?«, fragte Kristoffer mit halb erstickter Stimme. »Wenn du mich liebst, warum hast du ihn dann ermutigt? Das musst du getan haben, sonst wäre er nicht so hartnäckig gewesen.«

»Begreifst du das nicht? Nicht einmal jetzt?«

Kurz wurde es still. Dann fragte Kristoffer:

»Was versprach er dir?«

»Eine glanzvolle Karriere«, sagte Angelique. »Er hatte einflussreiche Freunde in der Hauptstadt und kannte den Direktor des Königlichen Theaters. Er versprach, mich ihnen vorzustellen, und sagte, ich würde einen Vertrag bekommen, das könne er garantieren. Ich würde nicht mehr als Provinzdarstellerin von Stadt zu Stadt ziehen müssen, sondern würde als erstklassige Schauspielerin am Königlichen Theater engagiert werden.«

»Und ich?«

»Er versprach, auch für dich ein gutes Wort einzulegen. Das Publikum in Stockholm wolle junge, schöne Menschen auf der Bühne sehen, sagte er. In meinen Augen war das eine Chance für uns beide.«

»Und was hast du ihm dafür angeboten?«
Kristoffers Stimme zitterte, als er diese Frage stellte.
»Nicht mehr als das, was ich dir gegeben habe«, sagte Angelique.
»Aber auch nicht weniger?«
»Doch, weniger. Denn das, was ich ihm gab, gab ich ohne Liebe. Übrigens fragte ich mich manchmal, ob es eigentlich das war, worauf er aus war.«
»Was hätte es sonst sein können?«
»Ich weiß nicht«, sagte sie. »Manchmal stellte er die seltsamsten Fragen.«
»Wonach?«
»Nach Johanna, zum Beispiel.«
»Johanna?«, sagte Kristoffer. »Warum sollte er sich für Johanna interessieren?«
»Ich weiß nicht«, sagte Angelique. »Ich weiß wirklich nicht, was ihn daran interessierte. Aber er wollte alles wissen: wie alt sie sei, wie sie zu uns gekommen sei und an welchem Tag genau, was sie für Kleider getragen habe und ob etwas an ihrem Äußeren ungewöhnlich gewesen sei … Ich erzählte, was ich wusste, und da war es, als hätten meine Worte eine versteckte Bedeutung, die ich selbst nicht verstand, die er aber bemerkte und deuten konnte.«
Ich lauschte mit gespitzten Ohren. Ich wagte nicht, mich ins Gespräch zu mischen oder zu zeigen, dass ich wach war, aber Kristoffer stellte an meiner Stelle die Frage:

»Was denn, zum Beispiel?«
»Dass sie kaum Haare auf dem Kopf hatte, als sie hier ankam«, sagte Angelique. »Obwohl ich erklärte, das sei eine Folge des Fiebers gewesen, kam es mir vor, als würde er diese Tatsache anders deuten. Und dass Johanna behauptet habe, nicht lesen zu können, aber ich hätte entdeckt, dass sie heimlich meine Texthefte las. Unwesentliche Kleinigkeiten, aber offensichtlich nicht für ihn.«

So hatte sich das also abgespielt, so war der Rittmeister dahintergekommen, dass die Ankleiderin Johanna eigentlich der geflohene Waisenhausjunge Johan war! Angelique hatte dem Offizier die Informationen geliefert, die er haben wollte, aber das hatte sie guten Glaubens getan und ohne zu wissen, dass sie mir damit schadete. Sie hatte mich verraten, genau wie die Karten es prophezeit hatten, war aber dennoch unschuldig.

Aber warum hatte der Rittmeister wissen wollen, wer ich war? Was hatte er über mich gewusst, von dem ich selbst keine Ahnung hatte? Und war das überhaupt wichtig, jetzt, nachdem er tot war und ich keine Angst mehr vor ihm haben musste?

Ich war zu erschöpft, um mir noch mehr Gedanken zu machen. Meine Augenlider fielen zu, und ich schlief zu dem Geräusch geflüsterter Liebesworte ein.

Die folgenden Tage vergingen in einer Art dumpfer Stille. Ohne das Theater, zu dem sie täglich gehen konnten, wirkten die Schauspieler hilf- und ratlos, wie zappelnde Fische auf dem Trockenen. Alle, die sich auf oder in der Nähe der Bühne befunden hatten, wurden einzeln zum Polizei-Wachtmeister gerufen, um zu berichten, was sie über die Ursachen des Feuers wussten – alle außer mir, weil niemand für möglich hielt, dass ein Kind etwas von Bedeutung gesehen haben könnte. Dafür war ich dankbar, denn was hätte ich sagen sollen? Vermutlich hatten weder Angelique noch Kristoffer erwähnt, dass ein Außenstehender sich hinter der Bühne aufgehalten hatte, denn nach ein paar Tagen kam der Bescheid, der Brand sei ein Unfall gewesen, für den niemand zur Verantwortung gezogen werden könne.

Bevor wir weiterreisen konnten, blieb nur eine Sache übrig: die Beerdigung von Mamsell Henriksson. Soweit man wusste, hatte die Mamsell keine Verwandten, darum fiel die Aufgabe, dafür zu sorgen, dass sie eine würdevolle Bestattung erhielt, dem Theaterdirektor zu.

Und es wurde würdevoll. Der schwarz gestrichene Sarg, mit einem Kranz aus den schönsten Rosen und Lilien geschmückt, wurde auf einem offenen Wagen von einem schwarzen Pferd gezogen. Hinter dem Wagen folgte eine kleine Prozession: Herr und Frau Ljungberg, Herr Wikander und Herr Björkegren, Angelique und ich und schließlich die drei jüngeren Schauspieler. Frau

Ljungberg und Angelique trugen Schwarz, ich dagegen hatte mein übliches rot kariertes Kleid an.
Am Friedhof angelangt, hoben die Männer den Sarg vom Wagen und trugen ihn zum Grab, wo ein junger Pfarrer wartete. Obwohl sie zu sechst waren, gerieten sie unter der Last ins Schwanken.
Als die Schauspieler einen Kreis um den Sarg und das offene Grab bildeten, stand ich dicht neben Angelique. Der Pfarrer stimmte ein Kirchenlied an, und ich sang so gut es ging mit, folgte Angeliques klarer Stimme, die stieg und sank:
Auf Erden bin ich nur ein Gast,
wie Schatten fuhr mein Leben dahin.
Nach dem Lied sprach der Pfarrer ein paar Worte, danach trat Herr Ljungberg vor, um die Trauerrede zu halten.
»Die wir heute zu Grabe tragen«, begann er, »war nicht nur die Mamsell Henriksson, die sie zu sein schien. Nicht nur die Mamsell, die Süßes liebte und der das Treppensteigen schwerfiel. Sie war auch etwas anderes, viel Größeres. Einstmals war sie Amalia Henriques, eine der gefeiertsten Opernsängerinnen Europas. Sie trat in sämtlichen großen Opernhäusern auf – in Paris, Mailand, Berlin. Es hieß, sie habe eine einmalige Stimme gehabt, und genau das kann ich bezeugen. Als ich ein Junge war, habe ich sie in der Königlichen Oper in Stockholm gehört, und das werde ich nie vergessen.«

Ich sah, wie der Pfarrer sich wand und offensichtlich etwas sagen wollte. Dies war wohl kaum die Art Trauerrede, die er erwartet hatte. Aber Herr Ljungberg fuhr ohne zu zögern fort:
»Als sie vom größten Unglück ihres Lebens heimgesucht wurde, war sie noch jung, noch keine fünfundzwanzig. Es war in der Mailänder Oper, mitten in einer Vorstellung von Mozarts *Don Giovanni*. Niemand weiß, wie der Brand entstand, genauso wenig, wie wir etwas darüber wissen, warum das Theater hier in der Stadt von den Flammen verzehrt wurde. Aber was wir wissen, ist, dass die große Opernsängerin Amalia Henriques damals auf der Bühne stand, als ein brennender Dachbalken herabfiel. Wir wissen, dass sie von einem der anderen Sänger gerettet wurde und dass sie überlebte, trotz ihrer Verbrennungen. Sie überlebte als Mensch, aber nicht als Sängerin, denn ob es am Schock lag oder am Rauch, den sie eingeatmet hatte, jedenfalls konnte sie nie mehr singen.«
Der Theaterdirektor machte eine Pause, und der Pfarrer trat vor, als sei er der Ansicht, die Rede habe lang genug gedauert. Herr Ljungberg verdeutlichte mit einer Geste, dass er noch nicht zu Ende gesprochen habe, einer gebieterischen Geste, wie aus einer seiner großen Rollen als Graf oder König geholt, worauf der Pfarrer den Blick senkte und zurücktrat.
»Amalia Henriques verlor ihre einmalige Stimme«, sag-

te Herr Ljungberg. »Sie beschloss, sich in Schweden niederzulassen und den weniger auffallenden Nachnamen wieder anzunehmen, mit dem sie geboren worden war. Aber ohne auf der Bühne zu stehen, konnte sie nicht leben. Darum schloss sie sich einer reisenden Theatergesellschaft an, und dort lernte ich sie in meiner allerersten Spielzeit als Schauspieler kennen. Als ich Jahre später meine eigene Theatertruppe gründete, begleitete sie mich und meine Frau. Das ist jetzt fünfundzwanzig Jahre her, fünfundzwanzig Jahre, die wir gemeinsam durch das Land gezogen sind. Sie war die Patin meiner Tochter und die treueste aller Freundinnen. Zugegeben, manchmal haben wir uns über sie lustig gemacht, aber stets auf die liebevolle Art, mit der man über Personen scherzt, die einem besonders nahestehen. Jetzt ist sie nicht mehr da. Vielleicht hätte sie sich retten können, vielleicht hat sie ihr eigenes Leben geopfert, um ein Kind vor dem Tod zu bewahren. Das werden wir nie erfahren, aber ich habe sie gut genug gekannt, um zu wissen, dass sie vor einem solchen Opfer nicht gezögert hätte. Ich verneige mich vor Amalia Henriques, Mamsell Henriksson.«

Er verstummte. Alle standen schweigend da, die Männer mit den Hüten in den Händen. Sogar der Pfarrer schien von Herrn Ljungbergs Rede ergriffen zu sein und schwieg. Als er danach vortrat, um zu reden, ging seine Stimme im Läuten der Kirchenglocken unter.

Der Glockenklang war der passende Abschluss für die Rede des Theaterdirektors, fand ich. Aber gleich darauf begriff ich, dass die Glocken nicht für Mamsell Henriksson läuteten, denn jetzt fuhr ein geschlossener Wagen, schwarz gestrichen und mit silbernen Ornamenten verziert, vor dem Eingang des Friedhofs vor. Ein ebenso reich verzierter Sarg wurde heruntergehoben und an der Spitze eines Beerdigungszuges, der um ein Vielfaches größer war als unser eigener, in den Friedhof getragen.

Die Neuangekommenen folgten dem Mittelgang des Friedhofs, genau wie wir es mit Mamsell Henrikssons Sarg getan hatten. Doch dann bogen sie nach rechts ab, wo wir nach links weitergezogen waren. Alle Trauergäste waren elegant gekleidet, die Frauen in Spitzen und schwarzer Seide, die Herren in gut geschnittenen Gehröcken und mit glänzenden Hüten. Direkt hinter dem Sarg gingen zwei Kinder, ein Mädchen und ein Junge, beide von Kopf bis Fuß in Schwarz.

Aber das war ja *sie*! Das Mädchen hinter dem Sarg war dasselbe Mädchen, dessen Blick ich durch das Kutschenfenster erhascht hatte, dasselbe Mädchen, das ich im Spiegel gesehen hatte! Demnach war es der Rittmeister, der in dem Sarg lag! Der Rittmeister, der am selben Tag und auf demselben Friedhof beerdigt werden sollte wie unsere Mamsell, die seinetwegen gestorben war!

Angelique musste bemerkt haben, dass ich in eine andere Richtung schaute, denn sie griff mir kurz an die Schulter. Jetzt wurde der Sarg ins Grab gesenkt. Der Pfarrer warf drei Schaufeln Erde auf den Sargdeckel, während er die Worte des Beerdigungsrituals sprach. Danach sangen wir noch ein Kirchenlied, der Pfarrer erteilte den abschließenden Segen, und Angelique und ihre Mutter ließen je einen kleinen Blumenstrauß ins Grab fallen.

Ich wandte mich um und sah den anderen Trauerzug um das Grab des Rittmeisters stehen. Wenn ich den Friedhof jetzt verließe, würde ich die Tochter des Offiziers nie wiedersehen und nie erfahren, warum ich ihrem Blick am ersten Abend in Angeliques Garderobe im Spiegel begegnet war.

»Ich bleibe noch kurz hier«, sagte ich zu Angelique.

»Warum das denn? Was hast du vor?«

»Ich möchte alleine am Grab sein«, behauptete ich. »Nur ein paar Minuten. Dann komme ich zum Gasthof nach.«

»Bleib nicht zu lange weg«, sagte sie.

»Versprochen.«

Ich verharrte bei Mamsell Henrikssons Grab, bis die Schauspieler alle außer Sichtweite waren. Dann begab ich mich vorsichtig zu dem anderen Grab und stellte mich an den Rand der dort versammelten Gruppe.

Der Pfarrer, der die Beerdigung des Rittmeisters vornahm, war älter und wortreicher als der andere, und mehrere der eleganten Herren traten ebenfalls ans Grab und sprachen über den Verstorbenen. Alle rühmten seine guten Eigenschaften, aber dennoch bekam ich den Eindruck, dass keiner von ihnen ihn eigentlich gemocht oder gut gekannt hatte.

Niemand nahm von mir Notiz. Bei so vielen Menschen kannten sich wohl nicht alle untereinander, und falls jemand mich bemerkte, konnte derjenige ja nicht wissen, ob ich nicht mit einem anderen der Erwachsenen mitgekommen war. Ich wurde kühner und drängte mich verstohlen fast bis an den Rand des Grabes vor.

Das Mädchen im schwarzen Kleid stand neben seinem Bruder auf der anderen Seite des Grabes, mit einem kleinen Blumenstrauß in der Hand. Erstaunlicherweise weinte sie nicht, ja, sie sah nicht einmal traurig aus, wirkte eher gelangweilt, stand da und scharrte mit der Spitze ihres blanken schwarzen Schuhs im Kies und sah sich um, als wünschte sie, weglaufen zu können. Ich versuchte ihren Blick zu fangen, doch im selben Moment stieß ihr Bruder sie an, als wollte er sie ermahnen, sich anständig zu benehmen.

Das Mädchen senkte den Blick und scharrte weiter mit der Spitze seines Schuhs im Kies. Ich wartete darauf, dass sie den Kopf wieder heben würde.

Jetzt trat der Pfarrer ans Grab und warf die drei Schaufeln Erde auf den Sarg. Die Offizierstochter sah auf, und dabei fiel ihr Blick auf mich. Offensichtlich erkannte sie mich wieder, doch diesmal wirkte sie nicht erschrocken, sondern eher überrascht.

Lautlos formte ich den Mund zu ein paar Worten und übertrieb dabei die Lippenbewegungen, damit sie es verstehen konnte.

»Ich will mit dir reden.«

In ihren Augen leuchtete ein neugieriger Funke auf. Sie lächelte und nickte fast unmerklich.

Mein Körper begann vor Ungeduld zu kribbeln. Das Kirchenlied, das gesungen wurde, schien unendlich viele Verse zu haben, und als der Pfarrer den Segen gesprochen hatte, trat ein Trauergast nach dem anderen an den Rand des Grabs und warf eine Blume hinein. Ich stellte fest, dass das Mädchen seinen Blumenstrauß so gleichgültig hinunterfallen ließ, als hätte sie das Kernhaus eines Apfels weggeworfen, und dass ihr Bruder ihr dabei in den Arm kniff.

Endlich war es zu Ende. Die Menschen begannen sich paarweise oder in Grüppchen vom Grab zu entfernen. Die ersten Schritte legten sie schweigend oder unter leisen, ernsten Gesprächen zurück, doch kaum waren sie ein Stück weiter weg, hörte ich vergnügtere Stimmen und sogar vereinzeltes Gelächter. Erneut sagte ich mir, dass der Rittmeister wohl keine wirklichen Freunde gehabt hatte.

Als die Trauergäste das Grab verließen, steuerte ich auf ein paar weiter entfernte Büsche zu, aber nicht ohne mich vergewissert zu haben, dass das Mädchen sehen konnte, wo ich blieb. Ich beobachtete, wie sie etwas zu ihrem Bruder sagte, worauf er den Kopf schüttelte und sie ein trotziges Gesicht machte, als wäre es ihr egal, was er sagte. Der Bruder packte sie am Arm, aber sie riss sich los und rannte auf das Gebüsch zu, wo ich wartete.
Als ich sie voriges Mal gesehen hatte, durch das Fenster der Kutsche, war es gewesen, als sähe ich mein eigenes Spiegelbild. Jetzt, als sie mir gegenüberstand, sah ich die Unterschiede: Das Muttermal an der linken Wange fehlte, doch dafür hatte sie ein Grübchen im Kinn. Ihre Augenbrauen waren schmaler als meine und ihre Haare eine Schattierung heller. Aber die Augen sahen aus wie meine eigenen: rings um die Pupillen ein helles Blau, das nach außen hin dunkler wurde.
»Wer bist du?«
Das fragten wir genau gleichzeitig, sie und ich, und mit dem gleichen Tonfall. Unwillkürlich mussten wir beide lachen.
»Ich heiße Johan«, sagte ich.
»Johan?«
Misstrauisch starrte sie mein Kleid und den Hut an.
»Bist du denn kein Mädchen?«
»Nein«, sagte ich. »Diese Kleider trage ich, weil ich aus dem Waisenhaus geflohen bin und –«

»Ein Junge!«, unterbrach sie mich. »Dann habe ich dich schon mal gesehen!«
»Ja, auf dem Platz vor dem Theater, durchs Kutschenfenster.«
»Nein, nein. Da hast du ja so ausgesehen, wie du jetzt aussiehst. Nein, ich habe dich eines Abends in meinem Spiegel gesehen. Mit kurzen Haaren, wie ein Junge, aber sonst sahst du genauso aus wie ich.«
»Wann war das?«
»Im Frühjahr«, sagte sie. »Ziemlich spät abends. Ich hatte die Lampe in meinem Schlafzimmer gelöscht und hielt eine Kerze in der Hand. Als ich sie auf den Nachttisch stellen wollte, bekam ich das Gefühl, als würde mich jemand betrachten. Ich drehte mich um und sah dein Gesicht im Wandspiegel. Vor Schreck schrie ich auf und blies dabei versehentlich die Kerze aus. Als ich sie wieder anzündete, war das Bild verschwunden.«
»Ich habe dich auch gesehen«, sagte ich, »In deinem blauen Kleid. Aber ich wusste nicht, wer du bist.«
»Ich heiße Emilie«, antwortete sie. »Emilie Lovisa Ankarstjerna. Und du selbst, hast du keinen Nachnamen?«
»Im Waisenhaus nannten sie mich Johan Herbst«, sagte ich. »Aber ich weiß nicht, ob das mein richtiger Name ist.«
»Wie ist das möglich«, sagte sie nachdenklich, »dass du mir so ähnlich siehst, obwohl du in einem Waisenhaus

groß geworden bist? Es ist, als wären wir Geschwister, ja, sogar Zwillinge.«

»Ja«, sagte ich. »Das muss dein Vater auch gesehen haben, denn er –«

»Mein Vater?«

Sie klang verblüfft.

»Ja, der Rittmeister. Den ihr doch gerade erst beerdigt habt.«

Zu meinem Erstaunen lachte sie laut auf.

»Hast du geglaubt, er wäre mein Vater? Dieser böse Mensch?«

»War er das denn nicht?«

»Er war mein Onkel«, erklärte Emilie. »Der Bruder meines Vaters und mein Vormund. Ich wünschte, er wäre das nicht gewesen, aber so ist es. Meinen Vater habe ich nicht mehr getroffen, seit ich so klein war, dass ich mich nicht daran erinnern kann.«

»Ist er auch tot?«

»Nein«, sagte sie. »Er lebt, aber er will mich nicht sehen. Ich würde ihn zu sehr an all das, was er verloren hat, erinnern, sagt er.«

»Was meint er damit? Was hat er denn verloren?«

»Meine Mutter starb am Fieber, als ich anderthalb Jahre alt war. Und kurz darauf ertrank mein Zwillingsbruder. Da zog mein Vater ins Ausland und überließ es seinem Bruder, sich um alles zu kümmern. Das Haus, den Hof, die Dienstboten. Und mich.«

Als sie über ihre Eltern sprach, fasste sie an das Medaillon, das sie um den Hals trug.
»Und der Junge, der neben dir am Grab stand? Ist das dein Bruder?«
»Nein, er ist mein Cousin, der Sohn meines Onkels. Und zugleich mein zukünftiger Gatte, wenn mein Onkel seinen Willen hätte durchsetzen können. Denn dann wäre alles, was ich von meinem Vater erbe, ihm zugefallen. Jetzt ist mein Onkel tot, jetzt werde ich heiraten, wen ich will. Oder gar nicht. Kein Mann soll über mich bestimmen dürfen, wenn ich erwachsen bin.«
»Emilie«, rief eine Frauenstimme. »Emilie, wo bist du?«
Die Stimme klang scharf, und mir war klar, dass Emilie nichts anderes übrig blieb, als zu gehorchen. Sie warf mir einen letzten Blick zu, bevor sie sich umdrehte und davonrannte.
Jetzt wusste ich, wer sie war, aber dennoch hatte ich keine Antwort auf meine Fragen erhalten. Warum sahen Emilie und ich einander so ähnlich? Warum hatten wir uns gegenseitig im Spiegel gesehen? Vielleicht sogar gleichzeitig? Und warum hatte ihr Onkel meinen Tod gewollt?
In wenigen Tagen würde ich mit der Theatertruppe weiterreisen. Vermutlich würde ich Emilie nie wiedersehen und nie erfahren, was das für ein geheimnisvolles Band war, das uns vereinte.
Ich muss das alles hinter mir lassen, sagte ich mir, als

ich den Friedhof verließ und durch die Straßen der Stadt zum Gasthof ging. Aber als ich meinen eigenen dunklen Schatten sah, der meine Schritte begleitete, wusste ich eins: Genauso wenig, wie ich mich von meinem Schatten befreien konnte, würde ich das Band lösen können, das mich mit Emilie Lovisa Ankarstjerna vereinte.

Elftes Kapitel

DIE ABREISE

Auf dem Rückweg vom Friedhof kam ich an den rußgeschwärzten Überresten des Spektakel-Hauses vorbei. Aus den Ruinen stieg ein beißender Gestank nach Brandrauch. Ein paar Balken ragten wie verkohlte Baumstämme in die Luft, zwischen ihnen lagen noch weitere herabgefallene verrußte Dielen und Bretter. Der Boden war bedeckt von halb verbrannten Stofffetzen, dunklen Papierflusen, verbogenen Metallteilen. Plötzlich sah ich einen Rest von Angeliques geblümtem Tuch, unter dem ich in meiner ersten Nacht im Theater geschlafen hatte, und bückte mich, um ihn aufzulesen. Neben dem Stoffrest funkelte etwas.
Ich hob das Metallteil auf. Messing und Glas waren von einer Rußschicht bedeckt, aber ich erkannte trotzdem, dass es das Fernglas des Rittmeisters war.
Vorsichtig rieb ich es mit dem Stoffrest sauber, den ich in der Hand hielt, und sah, dass es unbeschädigt zu sein schien. Die gläsernen Linsen waren klar und durchsichtig, nachdem ich sie gesäubert hatte. Ich hielt mir das

Fernglas an die Augen: Was weit entfernt war, kam näher, Einzelheiten, die vorher unmöglich zu erkennen gewesen waren, traten auf einmal deutlich hervor. Mir lief es kalt über den Rücken, als ich daran dachte, dass der Rittmeister das Fernglas vielleicht auf mich gerichtet hatte, als ich halb verborgen zwischen den Kulissen stand. Er musste jede Einzelheit meines Gesichts deutlich erkannt haben, sogar das Muttermal auf meiner Wange.

Ich schob das Fernglas in die Kleidertasche. Irgendwann würde es sich vielleicht als nützlich erweisen.

Im Speiseraum des Gasthofs saß die Theatertruppe beim Beerdigungskaffee, es gab Kuchen und süßen Wein, etwas, was Mamsell Henriksson zu schätzen gewusst hätte. Herr Ljungberg las einen Brief vor, der bei ihren Sachen gewesen war, in einem Umschlag mit der Aufschrift *Im Falle meines Todes zu öffnen.* In dem Brief schrieb Mamsell Henriksson, ihre Kleider, Schuhe und übrigen Sachen sollten den Armen der Stadt, in der sie gestorben sei, geschenkt werden. Der kleine Geldbetrag, den sie besaß, solle auch an wohltätige Zwecke gehen. Nur zwei Dinge sollten davon ausgenommen werden. Den Diamantring, den sie immer trug, solle ihre Patentochter, Anna-Maria Ljungberg, auch Angelique genannt, erben. *Und mein Kartenspiel,* stand in einem Zusatz am Ende des Briefes, *mit dem dazugehörenden Seidentuch soll dem Kind, das Johanna genannt wird, zufallen.*

Ich half Angelique und Frau Ljungberg dabei, Mamsell Henrikssons Habseligkeiten zusammenzupacken. Der Diamant funkelte bereits an Angeliques rechtem Ringfinger, als sie das Kästchen auf dem Tisch öffnete und das in sein schwarzes Tuch gewickelte Kartenspiel hervorholte. Feierlich reichte sie es mir.

Ich nahm das Tuch ab und sah, welche Karte zuoberst lag: Sie zeigte das Bild eines Blumenkranzes, ganz ähnlich dem, der auf dem Sarg der Mamsell gelegen hatte und bald auf ihrem zugeschaufelten Grab ruhen würde.

Den letzten Tag in der Stadt verbrachte ich mit Stava. Wir saßen nebeneinander am Flussufer und machten Pläne, aber es fiel mir schwer, mich zu konzentrieren. Immer wieder wanderten meine Gedanken zu der Begegnung mit Emilie auf dem Friedhof zurück. Wenn wir nur Zeit gehabt hätten, etwas länger miteinander zu reden!

»Du hörst nicht zu«, bemerkte Stava. »Woran denkst du? An dieses Mädchen?«

Ich hatte ihr erzählt, dass ich dem Mädchen, das mir so ähnlich sah, auf dem Friedhof begegnet sei und dass es die Nichte des Offiziers sei, der bei dem Brand im Theater umgekommen war. Mehr hatte ich nicht gesagt, vor allem, weil ich mir nicht sicher war, was es eigentlich zu erzählen gab.

»Kann sein«, sagte ich etwas vage.

»Bist du jetzt in *die* verliebt?«, fragte Stava. »Und nicht mehr in Angelique?«

In ihrer Stimme lag etwas, das mich überraschte. Sie klang nicht spöttisch, wie zu erwarten gewesen wäre, sondern fast beunruhigt.

»Nein, überhaupt nicht«, antwortete ich. »Mit ihr ist es … etwas anderes.«

»Was denn?«

»Es ist, als würden wir zusammengehören«, sagte ich. »Obwohl wir uns kaum kennen. Besser kann ich es nicht erklären.«

»Dummkopf!«, sagte Stava. »Ein reiches, verwöhntes Mädchen, das in einer geschlossenen Kutsche fährt und beim Theaterbesuch ein Kleid aus Seide trägt. Wie sollte so jemand mit einem armen Schlucker aus dem Waisenhaus, wie du einer bist, zusammengehören?«

Auf diese Frage wusste ich keine Antwort, und darum schwieg ich.

Früh am nächsten Morgen, lang bevor sonst jemand wach war, schlich ich mich hinaus und lief ein letztes Mal über die Brücke zu Stavas geheimem Unterschlupf.

Sie war auch schon wach, und dann taten wir das, was wir am Tag zuvor ausgemacht hatten.
Bald darauf standen wir, ein Mädchen in einem rot karierten Kleid und ein Junge in abgetragener Hose und schäbigem Kittel und mit einer Mütze auf dem Kopf, vor der Tür des Zimmers, das ich mit Angelique geteilt hatte.
Wir sahen einander an, aufgekratzt und zugleich ängstlich, und dann öffnete ich die Tür.
Angelique war schon reisefertig angezogen. Sie stand am Spiegel und steckte ihr Haar auf. Als wir ins Zimmer kamen, drehte sie sich nicht gleich um, sondern sagte mit zugekniffenen Lippen, mit denen sie ihre Haarnadeln festhielt:
»Kommst du endlich, Johanna? Und Gustav hast du auch mitgebracht, wie ich sehe.«
»Nein«, sagte ich. »Das siehst du nicht, du glaubst nur, dass du das siehst.«
Jetzt wandte Angelique sich zu uns um. Ihre Augen wurden groß und die Haarnadeln fielen auf den Boden.
»Was ist das denn?«, flüsterte sie. »Wer ist wer, und wer seid ihr eigentlich?«
»Ich bin Johan«, sagte ich. »Und dies hier ist meine Freundin Gustava, aber du kannst sie einfach Stava nennen.«
Angelique sah aus, als würde sie gleich ohnmächtig werden, aber nicht mit den großen Gesten, die sie auf

der Bühne einzusetzen pflegte – sie erblasste nur und musste sich mit der Hand auf die Stuhllehne stützen.

»Bist du die ganze Zeit ein Junge gewesen?«, fragte sie mit schwacher Stimme. »Aber warum hast du uns alle so getäuscht?«

Es dauerte geraume Zeit, bis ich Angelique alles erklärt hatte, und während meiner Erzählung kehrte die Farbe in ihre Wangen zurück, und sie hörte mir mit wachsender Begeisterung zu.

»Du bist ja ein unglaublicher Schauspieler!«, rief sie aus, als ich geschlossen hatte. »Besser als jeder von uns, wage ich zu behaupten. Und du auch, Gustav, nein, ich meine Stava. Ihr habt eure Rollen so gut gespielt, dass niemand euch durchschaut hat.«

Bei Letzterem irrte sie sich. Zwei Menschen, ein guter und ein böser, hatten mich durchschaut, doch das brauchte Angelique nicht zu wissen. Jetzt hatten wir anderes zu bedenken. Stava und ich trugen unseren Plan vor. Wir würden beide die Theatertruppe in die nächste Stadt begleiten. Stava würde meine Aufgaben als Ankleiderin übernehmen, ich dagegen könnte als Souffleur und Botenjunge einrücken. Unterdessen würden wir uns beide in der Stadt eine andere Arbeit suchen, um dort bleiben zu können, wenn die Schauspieler ihre Sommerpause machten.

Angelique war mit allem einverstanden und versprach, mit ihrem Vater und den anderen Schauspielern zu reden. Nach allem, was passiert sei, werde mich niemand fortjagen, egal, ob ich ein Junge, ein Mädchen oder ein Troll wäre, versicherte sie.

Ein paar Stunden später kletterte ich in einen der Wagen, die vor dem Gasthof standen, und nahm zwischen Angelique und Stava Platz, gegenüber dem Theaterdirektor Ljungberg und seiner Frau. Die fünf Schauspieler fuhren in dem anderen Wagen. Alle Kisten und Koffer waren hinten an den Wagen festgezurrt. Weil sämtliche Kulissen, die sonst immer mitgeführt wurden, verbrannt waren, war fürs Gepäck kein Extrakarren nötig.

»Auf Wiedersehen im nächsten Jahr!«, rief Herr Ljungberg dem Gastwirt zu, der herausgekommen war, um sich zu verabschieden.

»Sie sind immer willkommen!«

Die Kutscher trieben die Pferde an und beide Wagen setzten sich in Bewegung. Für mich, der ich bisher noch nie in einem Wagen gefahren war, war es spannend, alles auf neue Art zu sehen, vom erhöhten Wagensitz aus im schnellen Vorbeiziehen. Aber als wir an dem Platz vorbeifuhren, wo das Spektakel-Haus gestanden hatte, wandte ich den Blick ab, um die verkohlte Ruine nicht sehen zu müssen. Dem Brandgeruch konnte ich nicht ausweichen, der hing immer noch beißend und erstickend über dem Platz. Ich sah, wie Frau Ljungberg sich eine Träne abwischte und ihr Mann ihre Hand nahm.

»Bis zum nächsten Jahr haben sie es wieder aufgebaut«, sagte der Theaterdirektor tröstend. »Viel besser und prächtiger, wage ich zu versprechen.«
»Ja, ja«, sagte Frau Ljungberg, »sicher. Aber die Bühne, wo ich vor vielen Jahren mein Debut gab, die ist für immer verschwunden. Und die Frau, die mich alles gelehrt hat, die ist auch nicht mehr da.«
Die Wagen fuhren durch dieselben Straßen, denen ich an jenem Abend, als ich aus dem Waisenhaus floh, gefolgt war, nur in die entgegengesetzte Richtung. Wir fuhren an Läden und Werkstätten vorbei, an stattlichen Wohnhäusern und baufälligen Bruchbuden, an Gassen und Plätzen. Es war, als hätte ich damals einen Faden von einem Knäuel abgerollt und als würde dieses Knäuel jetzt wieder aufgerollt. Das andere Ende des Fadens war im Waisenhaus an meinem Bett befestigt, dachte ich, und plötzlich bekam ich Angst, jemand könnte daran zerren und mich wie einen Fisch am Ende einer Angelleine einholen.
Da lag es jetzt, das düstere Gebäude, wo ich fast meine ganze Kindheit verbracht hatte, dort neben dem Bretterzaun stand der Baum, der mir einen Weg in die Freiheit geboten hatte. Der Hof war voller Kinder, denn es war kurz nach dem Mittagessen. Ein paar Jungen kletterten in dem Baum herum und schienen zu wetteifern, wer es am höchsten schaffte. Einer von ihnen hatte ein blasses Gesicht und rötliche Augen.

»Schau genau hin«, sagte Stava. »Dorthin kommst du nie mehr.«
»Nie mehr«, wiederholte ich.
Und dann richtete ich mich im Wagen auf, nahm meine Mütze ab und winkte damit in großen, weit ausholenden Bewegungen. Mein Gruß erregte die Aufmerksamkeit der Jungen im Baum, und das Letzte, was ich sah, bevor ich mich wieder setzte, war Frettchen, der mit weit offenem Mund den Ast losließ und herunterfiel.
Eine Hand griff nach meiner Hand. Wir sahen einander nicht an, Stava und ich, ein Händedruck genügte. Bald konnte ich das Waisenhaus nicht einmal mehr sehen, wenn ich mich umdrehte. Jetzt hielt mich nichts mehr fest, ich war frei.

Zwölftes Kapitel

EIN ZUHAUSE

Nachdem wir am Waisenhaus vorbeigefahren waren, standen die Gebäude weniger dicht beisammen, und schon bald waren wir draußen auf der Landstraße. Zwischen goldgelbem Getreide blühten Kornblumen und Klatschmohn, und ein ganzes Feld leuchtete in klarstem Blau von etwas, das Angelique als Flachsblüten bezeichnete.

Blau wie Emilies Kleid, dachte ich, blau wie ihre Augen. Ab und zu lag ein Gehöft mit Wohnhaus, Scheune und Schuppen zwischen den Feldern, aber über weite Strecken sah ich nur Äcker und Wiesen und dahinter den Wald, wo helle Birken sich gegen dunkle Tannen und Kiefern abzeichneten. Unglaublich, dass es so etwas gab, etwas so Schönes!

Wir waren vielleicht seit einer Dreiviertelstunde oder etwas länger unterwegs, als plötzlich ein großes Haus auf einem Hügel in meinem Blickfeld auftauchte. Es war hellgelb und hatte einen von Säulen getragenen Balkon. Von der Landstraße führte eine von hohen Bäumen über-

schattete Allee zum Haus hinauf, und dahinter ließ sich ein glitzernder See erahnen.
Obwohl ich noch nie hier gewesen war, kam es mir vor, als würde ich das Haus wiedererkennen. Zuerst dachte ich, ich hätte es in einem Traum gesehen, doch dann erinnerte ich mich: Das war ja das große Haus auf Mamsell Henrikssons Karte, auf der einen Karte, die mir zeigen sollte, wohin ich unterwegs sei.
Dieses Haus gab es in Wirklichkeit, hier vor meinen Augen! Mein Herz begann heftig zu klopfen, als wollte es mir aus der Brust fliegen, und ich drehte und streckte mich, um besser zu sehen.
Plötzlich kam vor dem Haus etwas Blaues durch die Luft gesaust, als hätte ein großer Vogel abgehoben und sich in die Höhe geschwungen. Im nächsten Augenblick stürzte es wieder zur Erde zurück, um sogleich erneut umzukehren und himmelwärts zu fliegen. Ich strengte meine Augen an, konnte aber dennoch nicht begreifen, was ich da sah.
Da fiel mir das Fernglas ein! Schnell zog ich es aus der Jackentasche und hielt es mir an die Augen. Jetzt sah ich: Das blau schimmernde Wesen war ein Mädchen auf einer Schaukel, das zwischen Himmel und Erde vor und zurück pendelte. Die Schaukel war hoch oben in einer großen Eiche aufgehängt, und jedes Mal, wenn sie vorwärts flog, flatterte der leuchtend blaue Rock des Mädchens über die schmalen, bestrumpften Beine hoch.

Sie war es, es war Emilie!
Ich richtete mich halbwegs von der Sitzbank auf, als wollte ich im Fahren abspringen.

»Was ist denn?«, fragte Angelique. »Was machst du da? Sei vorsichtig, sonst fällst du raus!«
Sollte ich, konnte ich erzählen, was ich da sah? Nein, niemand würde mich ernst nehmen, wenn ich sagte, das vornehme Haus auf dem Hügel wäre der Ort, wo ich zu Hause sei, und das Mädchen auf der Schaukel stehe mir auf unerklärliche Weise nahe, obwohl wir uns nur ein einziges Mal begegnet waren. Die anderen würden mich auslachen und sagen, meine Fantasie gehe mit mir durch.
Inzwischen waren wir schon an der Abzweigung vorbeigefahren, und bald würde das große Haus aus meinem Blickfeld verschwunden sein. Ich musste es vergessen, Emilie vergessen, und mich in dem Leben, das mich erwartete, zurechtfinden. Mamsell Henrikssons Karten hatten recht gehabt, als es um den Rittmeister ging, aber die Zukunft, die sie heraufbeschworen hatten, war viel zu großartig für so einen wie mich. Ich sank auf den Wagensitz zurück und schob das Fernglas in die Tasche.
Verstohlen wischte ich mit dem Handrücken eine Träne

aus dem Augenwinkel, und dort, wo mein Herz soeben eifrig gepocht hatte, schwoll jetzt ein Kloß aus Traurigkeit. Beharrlich starrte ich geradeaus, ohne den Kopf auch nur ein bisschen zu drehen. Die Landschaft, die vor Kurzem so schön gewesen war, hatte ihren Reiz verloren, als würde ich die klaren Farben durch eine verschmutzte Fensterscheibe betrachten.

Bald darauf ertönte irgendwo hinter uns ein schnelles, regelmäßiges Klappern. Ein ängstlicher Schatten zog kurz über Angeliques Gesicht. Sie wandte sich zur Straße um und schlug sich die Hand vor den Mund, wie um einen Schrei zu unterdrücken.

»Was ist denn, Anna-Maria?«, fragte ihr Vater, er bekam aber keine Antwort.

Ich drehte mich auch um und sah, was Angelique so erschreckt hatte: Weit hinten, auf der geraden Strecke, die wir soeben zurückgelegt hatten, kam ein Reiter zu Pferd in wildem Galopp angesprengt. Das Pferd war schwarz, und schwarz war auch die Kleidung des Reiters.

Angelique warf mir einen Blick zu, und ich wusste, dass wir beide denselben Gedanken hatten: Was uns da verfolgte, war ein Gespenst, ein Geist. Aber während Angelique offensichtlich annahm, der Geist jage voller Hass hinter *ihr* her, war ich fest davon überzeugt, ich wäre derjenige, den er töten wollte.

»Fahr schneller!«, rief Angelique dem Kutscher zu, doch das war natürlich sinnlos. Wie sollte ein schwer belade-

ner Wagen einem Reiter im Galopp davonfahren können? Selbst wenn der Verfolger aus Fleisch und Blut gewesen wäre? Und für ein Gespenst galten wohl ohnehin keine Naturgesetze.
Bald würde es uns eingeholt haben, und dann wäre es aus mit mir. Ich riss das Fernglas hoch und richtete es auf unseren Verfolger. Ja, das Pferd war schwarz und kam mir ungewöhnlich groß vor, viel größer als die zwei, die unseren Wagen zogen. Der Reiter schien hochgewachsen zu sein, und auch wenn der Abstand zu groß war, um sein Gesicht erkennen zu können, war da etwas, das an den Rittmeister erinnerte.
Das Klappern der Hufe auf der Straße wurde immer lauter und übertönte alle anderen Geräusche. Vor dem Tod, der hinter uns herjagte, gab es kein Entrinnen. Hoffentlich begnügt er sich mit mir, dachte ich, hoffentlich lässt er Angelique und Stava und die anderen in Ruhe. Ich schloss die Augen und wartete auf das Unvermeidliche.

»Haltet kurz an!«, rief eine Stimme. »Wartet, zügelt die Pferde!«
Ich schlug wieder die Augen auf und sah, dass der Reiter uns fast eingeholt hatte. Der Kutscher zog die Zügel an und brachte unseren Wagen mit knirschenden Rädern zum Stehen.

»Um was geht es?«, hörte ich Herrn Ljungberg fragen, nicht unfreundlich, aber doch mit einer gewissen Schärfe in der Stimme. Er hatte natürlich gemerkt, wie sehr die Jagd seine Tochter geängstigt hatte.
Der Mann auf dem Pferderücken hob den Kopf, jetzt konnte ich sein Gesicht sehen.
Es erinnerte an das des Rittmeisters, war aber dennoch anders. Die Stirn war höher, die Wangen wirkten magerer, aber vor allem war der Blick dieses Mannes ganz anders: Der des Rittmeisters war hart und kalt gewesen, der Blick dieses Mannes jedoch zeichnete sich durch Sanftheit und Trauer aus.
»Entschuldigen Sie, wenn ich Sie erschreckt habe«, begann er, und auch seine Stimme klang weicher als die des Offiziers. »Aber ich musste Sie unbedingt einholen. Meine Tochter ...« Er verstummte. Der Ritt hatte ihn hörbar außer Atem gebracht. Das Pferd keuchte und war schweißbedeckt, und der Reiter trocknete sich mit einem Taschentuch die Stirn.
»Meine Tochter«, begann er wieder, »meine Tochter Emilie sah Sie auf der Landstraße vorbeifahren und hat mich gerufen.«
Dies war also Emilies Vater! Er musste aus dem Ausland zurückgekehrt sein, um sich nach dem Tod seines Bruders um seinen Besitz und seine Tochter zu kümmern. Das erklärte seine Ähnlichkeit mit dem Rittmeister.
»Wenn Sie gestatten, würde ich gern mit dem Jungen

da reden«, sagte Emilies Vater zu Herrn Ljungberg und deutete dabei auf mich. »Wäre das möglich?«
»Natürlich«, antwortete der Theaterdirektor in freundlicherem Tonfall, aber ich sah einen Anflug von Besorgnis auf seinem Gesicht. Wahrscheinlich fragte er sich, ob ich irgendeinen Unfug angestellt hatte.
Der Reiter wandte sich mir zu. Sein Pferd trampelte ungeduldig auf der Stelle, und er zügelte es mit sanftem, aber festem Griff.
»Du bist demnach der Junge, von dem Emilie erzählt hat. Johan, ist das dein Name?«
»Johan Herbst.«
»Und diesen Namen hast du im Waisenhaus der Stadt bekommen?«
»Ja.«
»Weißt du noch, wie alt du warst, als du dorthin kamst?«
»Genau weiß ich es nicht«, antwortete ich. »Man hat mir gesagt, dass ich laufen, aber noch nicht sprechen konnte.«
»Also zwischen einem und zwei Jahren«, sagte der Mann. »Welche Jahreszeit war es?«
»Es war Herbst. Oktober. Darum haben sie mir auch diesen Nachnamen gegeben.«
»Und wie alt bist du jetzt?«
»Elf.«
»Aha, Oktober 1825. Genau wie ich mir gedacht habe.« Die Stimme des Mannes klang angespannt und erregt.

Offenbar bedeutete dieser Zeitpunkt etwas, ich begriff aber nicht, was. Er musste meine Verwirrung gesehen haben, denn er fügte hinzu:

»Ich werde gleich erklären, warum der Monat und das Jahr von Bedeutung sind. Aber zuvor sag mir bitte, ob du etwas über deine Eltern weißt? Oder darüber, wer es war, der dich ins Waisenhaus gebracht hat?«

»Nein. *Eltern unbekannt,* stand im Register. Und angeblich hat mich jemand mitten in der Nacht dort hingebracht, ohne sich zu erkennen zu geben.«

»Dann«, sagte der Mann mit feierlicher Stimme, »dann habe ich Grund zu der Annahme, dass du mein Sohn und Emilies Zwillingsbruder bist – der kleine Junge, der am 12. Oktober 1825 verschwand und der, wie wir bis jetzt geglaubt haben, im See in der Nähe unseres Hauses ertrank. Ein achtzehn Monate alter Junge, der noch nicht sprechen gelernt hatte und seinen Namen, Sebastian, nicht sagen konnte.«

Ein paar einfache Sätze, doch sie ließen meine ganze Welt um die eigene Achse rotieren, stülpten alles, was ich zu wissen geglaubt hatte, vollkommen um und stellten das Bild, das ich mir von meiner Vergangenheit und meiner Zukunft gemacht hatte, auf den Kopf. Mir wurde schwindlig und ich musste mich am Sitz unter mir festhalten, um nicht umzukippen.

Schon im nächsten Augenblick fiel alles auf seinen Platz und bildete ein neues Muster. Die Ähnlichkeit zwischen

Emilie und mir und die rätselhafte Verbindung, die wir beide gespürt hatten. Die Botschaft der Karten und Mamsell Henrikssons Worte, ich wäre nicht derjenige, für den ich mich hielte, die Worte des Rittmeisters, dass ich mich damit hätte begnügen sollen, der zu sein, zu dem er mich gemacht habe – alles, was unbegreiflich gewesen war, bekam einen Sinn. Dennoch konnte ich nicht recht glauben, dass es wahr war.

Kurze Zeit war ich wie betäubt, doch dann hörte ich, dass der Mann, der von sich behauptete, mein Vater zu sein, ein paar Worte mit Herrn Ljungberg wechselte und sie sich einig zu sein schienen. Angelique rief aus: »Jetzt sofort?«

Sie sah aus, als wollte sie noch mehr sagen, verstummte aber nach einem Blick ihres Vaters.

Stava sagte nichts, aber ich sah die Tränen in ihren Augen, und vielleicht konnte sie auch die in meinen Augen sehen, bevor der Mann auf dem Pferd die Arme ausstreckte, mich aus dem Wagen hob und vor sich in den Sattel setzte. Alles ging so schnell, ich konnte kaum fassen, was geschah, bevor das Pferd die Straße entlang davontrabte und ich, der ich bisher noch nie auf einem Pferderücken gesessen hatte, mich am Sattelknauf festklammern musste, um nicht herunterzufallen.

»Hier«, sagte Emilie und reichte mir das Medaillon, das sie abgenommen hatte. »Mach es auf!«
Sie saß immer noch unter der großen Eiche auf der Schaukel, wo sie auf uns gewartet hatte. Ich nahm den kleinen goldenen Anhänger und wusste plötzlich, dass ich ihn früher schon oft berührt hatte, dass meine mollige kleine Hand sich nach dem glitzernden Ding ausgestreckt hatte, als es an einem ganz anderen Hals baumelte.
»Es hat unserer Mutter gehört«, sagte Emilie. »Mach es auf, dann siehst du ihr Bild.«
Ich öffnete das Medaillon und sah das Miniaturporträt einer jungen Frau mit blondem, lockigem Haar und blauen Augen. Die Ähnlichkeit mit Emilie und mir war unverkennbar. In der anderen Hälfte des Medaillons lag eine blonde Locke.
Mir wurde wieder schwindlig. Als ich kurz schwankte, streckte der Mann, der mein Vater war, die Hand zu mir aus.
»Komm, setz dich her«, sagte er. »All dies ist ein Schock für dich, das verstehe ich.«
Er setzte sich neben mich auf eine kleine Bank aus Stein, die unter dem Baum im Schatten stand.
»Das Kindermädchen behauptete damals, sie habe sich nur für eine Sekunde abgewandt, um Emilie die Schuhe zuzubinden. Dann habe sie ein Platschen gehört, und als sie sich umdrehte, habe mein kleiner Junge bereits

vor dem Steg im Wasser gelegen. Sie habe versucht, ihn herauszuziehen, sagte sie, aber weil sie selbst nicht schwimmen konnte, sei es ihr nicht gelungen.«

Er verstummte kurz und fuhr dann fort:

»Meine Frau, eure Mutter, war nur einen Monat zuvor gestorben. Ich ertrug es nicht, hier in diesem Haus zu leben, wo zwei der drei Menschen, die ich am meisten liebte, mir genommen worden waren, darum überließ ich die Aufsicht über das Gut und Emilies Erziehung meinem Bruder und führte danach ein unstetes Leben. Jetzt, nachdem mein Bruder nicht mehr da ist und Emilie alles erzählt hat, verstehe ich, dass ich falsch gehandelt habe. Ich werde es, so gut ich kann, wiedergutmachen.«

Ich gab mir Mühe, alles zu verstehen.

»Aber wenn Sebastian ertrunken ist«, wandte ich ein, »wie kann ich dann er sein?«

»Der kleine Körper wurde nie gefunden«, sagte der Mann. »Obwohl ich den ganzen See nach ihm absuchen ließ. Er müsse irgendwo auf dem Seegrund an einem Ast hängen geblieben sein, behauptete mein Bruder.«

Vor meinem inneren Auge erschien das Bild, das mein Vater im Laufe der Jahre so oft vor sich gesehen haben musste: ein kleiner Kinderkörper, an einem Ast festgehakt, tief unten im Wasser, mit weit offenen Augen, die nichts mehr sahen.

»Aber jetzt bin ich überzeugt, dass das Kindermädchen

gelogen hat. Jemand muss ihr damals Geld dafür gegeben und ihr eine neue Stelle weit weg von hier besorgt haben, denn natürlich kündigte ich ihr sofort. Und dieser Jemand muss es auch gewesen sein, der meinen Sohn entführte und ihn insgeheim ins Waisenhaus brachte.«
Emilie sah ihren Vater ruhig an.
»Das war er«, sagte sie. »Wer sonst hätte das tun können?«
»Ich glaube, du hast recht, Emilie«, antwortete er. »Ich glaube, mein Bruder war hinterhältig genug, um so etwas zu tun. Ihr müsst Folgendes wissen: Zuvor hatte es viele Jahre gedauert, bis meine Frau und ich Kinder bekamen, und während dieser Zeit hatte mein Bruder sich selbst und danach seinen Sohn als meine Erben gesehen. Als ihr auf die Welt kamt, waren da plötzlich zwei, die ihm im Weg standen. Du, Emilie, warst das kleinere Problem, dich würde er mit deinem Cousin verheiraten. So würden er und sein Sohn dennoch die Kontrolle über das Gut und mein Vermögen bekommen. Aber meinen einzigen männlichen Nachkommen musste er aus dem Weg räumen, sonst würde der Junge alles erben. So wie du es eines Tages tun wirst, mein Sohn.«
»Dann ist das der Grund«, sagte ich, »warum er das Theater angezündet und mich daran gehindert hat, hinauszukommen.«
»Wer?«
»Der Rittmeister.«

Ich erzählte, wie der Offizier mich beobachtet, Angelique ausgefragt und mit dem Waisenhausdirektor gesprochen hatte, und schilderte, was danach an jenem Abend passiert war, als das Theater brannte. Der Mann, der mein Vater war, hörte aufmerksam zu, und ich sah in seinen Augen Tränen glitzern. Als meine Erzählung zu Ende war, streckte er die Arme aus und umarmte mich.

»Also hätte ich dich fast ein zweites Mal verloren«, sagte er. »Aber jetzt bist du wieder da, und ab jetzt werden wir uns nie mehr trennen, du, ich und deine Schwester. Endlich wirst du das Leben führen dürfen, für das du bestimmt warst.«

Mein Vater hielt mich in den Armen, und ich hätte vollkommen glücklich sein müssen. Aber woher kam dann dieses Gefühl von Trauer, das sich in die Freude mischte?

Ein weiteres Mal begann ich ein neues Leben, diesmal als Sohn des Hauses auf Solberga. Die Spiele mit Emilie, die Bücher, die im Überfluss vorhanden waren und aus denen unser Vater uns abends vorlas, die Ausritte, auf denen ich nach und nach meine Angst verlor und die Freiheit genießen konnte, die neuen Kleider und das leckere Essen – alles war wunderbar, aber dennoch nagte in mir das Gefühl, dass mir etwas fehlte.

Nicht nur das, ich spürte immer deutlicher, dass ich Stava im Stich gelassen hatte, meine Blutsschwester und beste Freundin. Ich war mir sicher, dass sie keine Not litt, dass Angelique und die anderen in der Theatertruppe für sie sorgten, aber ich wusste auch, dass ich sie verraten hatte, und damit auch mich selbst. Jedes Mal wenn mein Vater oder Emilie mich Sebastian nannten, benötigte ich ein paar Sekunden, um einzusehen, dass sie mich damit meinten. Ich war ja außerdem auch Johan – und Johanna.

Zwar hatte ich keine Wahl gehabt, niemand hatte mich gefragt, ob ich nach Solberga mitkommen wollte. Die Erwachsenen hatten die Angelegenheit für mich entschieden oder waren vielmehr davon ausgegangen, dass ich nach Hause zurückkehren und alles andere zurücklassen sollte.

Erneut begann ein Entschluss in mir heranzureifen. Als drei Wochen vergangen waren, fasste ich mir ein Herz und bat meinen Vater um Erlaubnis, die Theatertruppe besuchen zu dürfen. Ich hätte mich ja gar nicht richtig von den Menschen verabschieden können, die sich meiner angenommen und mir eine Art Zuhause gegeben hatten, wenn auch nur vorübergehend, sagte ich ihm. Jetzt würden sie bald eine Sommerpause machen, und dann würde ich sie vielleicht nie mehr wiedersehen. Mein Vater antwortete, natürlich dürfe ich das. Er schäme sich, weil er mich einfach von ihnen weggerissen habe, ohne auf meine oder die Gefühle der Theaterleute Rücksicht zu nehmen.

»Aber ich war so ungeduldig«, erklärte er. »Ich sehnte mich so danach, dich in den Armen halten zu dürfen.«

Ich senkte den Blick. Warum war das Leben so kompliziert? Warum musste man immer wieder Verrat üben oder selbst verraten werden?

Heimlich packte ich die wichtigsten Sachen ein, die mir gehörten: Mamsell Henrikssons Kartenspiel im Seidentuch, die Waisenhausmütze, die ich trotz der Aufforderungen meines Vaters davor bewahrt hatte, von der Dienerschaft weggeworfen zu werden, und schließlich die Haarlocke meiner Mutter, die Emilie aus dem Medaillon genommen und mir geschenkt hatte. Ansonsten nahm ich nichts von dem mit, was ich auf Solberga bekommen hatte, bis auf die Kleider, die ich am Leib trug.

»Darf ich dich begleiten?«, fragte Emilie, als ich reisefertig dastand und darauf wartete, dass der Wagen vorfahren würde. Ich schüttelte den Kopf. Auf dieser Reise konnte sie, meine liebe Zwillingsschwester, mich nicht begleiten, und das tat mir im Herzen weh. Ich küsste ihre Wange und fragte mich, wie lange es wohl dauern würde, bis wir uns wiedersahen. Dann verabschiedete ich mich von meinem Vater und kletterte in den Wagen.

Das Theater in der neuen Stadt war bei Weitem nicht so schön und groß wie das Spektakel-Haus, sondern erinnerte eher an eine Scheune. Ich kam spät am Vormittag an und fand die Schauspieler mitten in einer Probe. Aber als ich in den Zuschauerraum trat und Angelique mich sah, unterbrach sie sich mitten in einem Satz und rief: »Johanna! Meine liebe Kleine!«

Dann errötete sie und verbesserte sich: »Johan, meine ich natürlich. Wie fein du bist! Siehst aus wie –«

Sie wurde von Direktor Ljungberg unterbrochen, der mich auch willkommen heißen wollte. Die Schauspieler scharten sich um mich, alle begierig darauf, etwas über mein neues Leben zu hören. Aber die ich am meisten von allen treffen wollte, konnte ich nirgends sehen.

»Wo ist Stava?«, fragte ich Angelique, als die Fragen schließlich verstummt waren.

»In der Garderobe«, antwortete Angelique. »Sie repariert mein Kostüm für heute Abend. Ich bin so froh, dass sie mir hilft, jetzt, nachdem du nicht mehr hier bist.«

Ein paar Wochen früher hätte es mich gekränkt, dass Angelique mich so leicht durch Stava hatte ersetzen können, aber inzwischen machte es mir nichts aus. Ich hatte Angelique immer noch sehr gern, aber mein Engel war sie nicht mehr.

In Kristoffers Augen war sie jedoch noch engelhafter geworden. Ich merkte sofort, dass sie ihre Verliebtheit nicht mehr geheim hielten, und als Beweis streckte Angelique mir ihre beiden Hände hin und sagte: »Schau mal!« Am rechten Ringfinger funkelte Mamsell Henrikssons Diamant, am linken glänzte ein schmaler Goldring. Ich sah sie fragend an.

»Siehst du das nicht?«, fragte sie ungeduldig. »Ich bin verlobt!«

»Mit Kristoffer?«

»Mit wem sonst? Mein lieber Papa hat sich nach dem Feuer verändert. Er sagt, wir müssten alles, was das Leben uns zu bieten habe, annehmen, und er wolle unserem Glück nicht im Weg stehen. Aber ich habe ihm versprechen müssen, nicht vor meinem einundzwanzigsten Geburtstag zu heiraten.«

Ich freute mich für sie, war aber dennoch ungeduldig. Das musste Angelique gemerkt haben, sie sagte nämlich:

»Aber hier stehe ich und schwatze dir die Ohren voll. Wie dumm von mir! Du willst deine kleine Freundin natürlich so schnell wie möglich treffen. Komm, ich zeige dir, wo die Garderobe ist!«

Im selben Augenblick, als ich Stava wiedersah, wusste ich, dass der Beschluss, den ich gefasst hatte, richtig war. Als wir alleine waren und ich ihr davon erzählte, schüttelte sie den Kopf.

»Du bist verrückt. Jetzt hast du doch alles bekommen – ein Zuhause, eine Familie, ein sorgenfreies Leben. Das kannst du doch nicht um meinetwillen aufgeben! Bleibe ein paar Tage als Gast hier bei uns und fahre dann zu deinem Vater und deiner Schwester zurück.«

»Nein!«, rief ich aus. »Du bist meine Schwester, genauso sehr wie … ja, mehr noch als Emilie. Du und ich, wir gehören zusammen, für immer. Weißt du nicht mehr, war wir einander versprochen haben, als wir unser Blut mischten?«

Stava sah mich an. Tränen traten ihr in die Augen.

»Doch, das weiß ich noch«, sagte sie. »Und wenn du dein Versprechen hältst, dann werde ich meins niemals brechen.«

Weil die Reise zurück nach Solberga viele Stunden dauerte, hatte mein Vater mir gestattet, über Nacht bei den Theaterleuten zu bleiben.

Als ich mich auf dem Fußboden der Garderobe auf einer Matratze ausstreckte, überlegte ich, was Baron Fredrik Ankarstjerna wohl davon halten würde, dass sein Sohn sich mit einem so schlichten Schlafplatz begnügte.

Angelique hatte viel Aufhebens um die Sache gemacht, und Kristoffer hatte mir sein Bett im Zimmer des Gasthofs angeboten, aber ich hatte keine Lust, mit Herrn Björkegren das Zimmer zu teilen, und nichts dagegen, die Erinnerung an meine erste Nacht in Freiheit wie-

deraufzufrischen, diesmal in einer anderen Theatergarderobe.
Am nächsten Morgen nach dem Frühstück bat ich darum, mit Direktor Ljungberg sprechen zu dürfen. Er zwirbelte nachdenklich seinen Schnurrbart, während er sich anhörte, was ich zu sagen hatte.
»Bist du dir sicher, dass dies dein Wunsch ist?«, fragte er, als ich verstummt war.
»Ja. Ich habe es mir genau überlegt.«
»Na dann«, sagte der Theaterdirektor. »Aber wenn du wieder zu uns kommst, kannst du nicht erwarten, dass wir dich anders behandeln, nur weil du jetzt einen adligen Namen trägst und eine vornehme Herkunft hast.«
»Das will ich auch nicht.«
»Nun gut«, sagte Herr Ljungberg. »Du kannst ja schreiben?«
»Ja.«
»Hier hast du einen Bogen Briefpapier, eine Feder und einen Umschlag. Schreib deinem Vater einen Brief und gib ihn dem Kutscher mit, wenn der kommt, um dich abzuholen.«
Er legte einen weißen Briefbogen, eine Schreibfeder und einen Umschlag auf den Tisch und ließ mich allein. Es fiel mir schwer, die richtigen Worte zu finden, aber ich schrieb, strich durch und schrieb weiter, bis ich meiner Meinung nach erklärt hatte, warum ich nicht nach Solberga zurückkehren könne.

Als der Zeitpunkt meiner geplanten Abreise sich näherte, bat ich Stava, den Brief zu nehmen und ihn dem Kutscher zu überreichen, während ich in der Garderobe wartete. Ich befürchtete, im letzten Moment könnte sich noch etwas ereignen, was mich an meinem Entschluss zweifeln ließe.

Stava kam zurück und berichtete, sie habe dem Kutscher gesagt, ich hätte es mir anders überlegt und wolle noch etwas bleiben. Er habe den Brief genommen und sich dann ohne viele Worte verabschiedet.

Wie ein plötzlicher Windstoß kam die Einsicht in das, was ich getan hatte, über mich, und ich begann zu weinen. Mein ganzer Körper bebte vor Schluchzen, und die Tränen strömten mir übers Gesicht. Stava saß still da und ließ mich weinen. »Bereust du es?«, fragte sie, als ich mich beruhigt hatte.

»Nein«, stammelte ich. »Ich finde es nur so schrecklich, dass ich immer jemanden im Stich lassen muss, um einem anderen die Treue zu halten. Und meinen Vater und Emilie, die liebe ich ja auch!«

Stava strich mir übers Haar, das sich auf meinem Kopf lockte.

»Sei nicht traurig«, sagte sie. »Es ist nicht deine Schuld, dass die Welt ist, wie sie ist.«

Inzwischen war es spät am Nachmittag desselben Tages, und ich saß in der Garderobe, während Stava Angelique mit dem Kostüm behilflich war. Als Junge hätte ich nicht hier in der Garderobe sein sollen, aber Angelique erklärte, das spiele keine Rolle – ich hätte sie ja schon so oft halb angezogen gesehen.

»Und wenn du vorher meine jüngere Schwester warst«, sagte sie spöttisch, »dann bist du jetzt eben mein kleiner Bruder.«

Da klopfte jemand an die Tür.

»Wer ist da?«, rief Angelique.

»Entschuldigen Sie die Störung«, sagte eine Männerstimme, die ich wiedererkannte. »Ist mein Sohn da?«

Wir drei in der Garderobe wechselten Blicke, Stava mit vor Schreck geweiteten Augen.

»Hab keine Angst«, flüsterte ich. »Ich ändere meinen Entschluss nicht.«

»Einen Augenblick«, rief Angelique. »Ich bin noch nicht ganz angezogen.«

Wie früher so oft sah ich, wie sie aufstand und sich ein Tuch um die Schultern warf, bevor sie die Tür öffnete. In der Türöffnung stand mein Vater.

»Sebastian«, sagte er. »Oder soll ich dich Johan nennen, vielleicht ist dir das lieber?«

Ich hörte, dass seine Stimme vor Rührung stockte.

»Ja«, sagte ich. »Ich bin Johan, das lässt sich nicht ändern.«

»Darf ich ein paar Minuten mit dir reden? Draußen im Flur? Wenn Fräulein Ljungberg nichts dagegen hat?«
Mein Vater, der reiche, mächtige Baron Fredrik Ankarstjerna, bat einen kleinen Jungen und eine Provinzschauspielerin bescheiden um Erlaubnis!
»In dieser Angelegenheit hat Johan das zu bestimmen«, sagte Angelique.
Wie sollte ich meinem Vater ein kurzes Gespräch verweigern können? Ich folgte ihm in den Flur.
Kurz darauf ließ ich ihn dort zurück und kam wieder in die Garderobe. Angelique, die inzwischen fertig kostümiert war, merkte sofort, dass ich mit Stava allein sein wollte, und verschwand.
Als ich Stava erzählte, was mein Vater gesagt hatte, wurde sie zuerst rot im Gesicht und dann ganz weiß.
»Sollen wir etwa?«, sagte sie. »Sollen wir, du und ich, etwa in diesem Haus da leben? Sollen wir genauso reich und verwöhnt werden wie diese Emilie?«
Genau diesen Einwand hatte ich von ihr erwartet. Stava, die gesagt hatte, die Gesetze seien dazu da, um die Reichen vor den Armen zu schützen, die würde nicht eine von eben jenen Reichen werden wollen. Und wenn sie das nicht wollte, dann wollte ich es auch nicht.
»Nein«, fuhr sie fort. »Denn wir wissen, was es heißt, arm zu sein. Hunger zu leiden, kein Dach über dem Kopf zu haben. In ein Waisenhaus eingesperrt zu werden, das kein Zuhause ist, sondern ein Gefängnis für

Kinder. Das wissen wir. Darum können wir nicht werden wie sie.«

Ich nickte. Stava hatte recht. Dennoch spürte ich eine Sehnsucht nach etwas, das hätte sein können. Nicht nach Reichtümern, sondern nach einer Familie und einem Zuhause.

»Aber wir können es ihr erklären«, fuhr Stava fort. »Wir können die Reichtümer auf eine andere Art verwenden. Wir können denen helfen, die es nötig haben. Darum sollst du Ja dazu sagen.«

Ich traute meinen Ohren kaum. Sie wollte, dass ich Ja sage! Der Sorgenkloß brach auf und explodierte in einem Gelächter voller Erleichterung. Stava begann auch zu lachen.

»Was hast du denn gedacht?«, prustete sie. »Hast du gedacht, ich würde Nein sagen?«

Wir lachten so sehr, dass wir uns gegenseitig festhalten mussten, um nicht umzufallen. Und während wir uns hielten, spürte ich: Jetzt gehörten wir zusammen. Für immer.

EPILOG

Die Ereignisse, die ich hier geschildert habe, spielten sich vor bald dreißig Jahren ab, als ich ein Kind war. Seither ist vieles geschehen, und alles kann ich nicht berichten; das würde meine Leser wahrscheinlich auch nicht interessieren. Aber vielleicht sind die Leser dennoch neugierig und möchten erfahren, wie es mir und den anderen Personen, die ich auf der Bühne meiner Erinnerung in Bewegung gesetzt habe, ergangen ist. Wenn nicht, steht es jedem frei, hier mit dem Lesen aufzuhören!

Ich kehrte also mit Stava nach Solberga zurück. Meine Schwester Emilie und unser Vater nahmen uns beide mit offenen Armen auf. Es freut mich, sagen zu können, dass mein Vater, Baron Fredrik Ankarstjerna, von jenem Tag an bis zu seinem Tod vor zwölf Jahren uns drei Kinder genau gleich behandelte. Meine zwei Schwestern und ich erfuhren dieselbe Fürsorge, erhielten dieselbe Erziehung und Ausbildung. Er bemühte sich auch, seinen Neffen, Emilies und meinen Cousin, gerecht zu behandeln und ihn nicht für das, was sein Vater getan hatte, büßen zu lassen.

Leider muss ich berichten, dass Cousin Wilhelm die Großzügigkeit meines Vaters nicht zu schätzen wusste. Während der zwei Jahre, die er noch auf Solberga blieb, war er ständig unzufrieden und boshaft und voller Neid auf uns drei andere. Als er sechzehn Jahre alt war, bat er meinen Vater, die Kadettenanstalt in Stockholm besuchen zu dürfen, um Offizier zu werden wie sein Vater. Das durfte er. Danach kehrte er nur noch selten nach Solberga zurück. Als er Schweden verließ, um sich in der preußischen Armee anwerben zu lassen, hatte er den Rang eines Leutnants erreicht. Neulich kam die Nachricht, er sei im Krieg gegen Dänemark gefallen, und eigentlich war es diese tragische Tatsache, die mir die dramatischen Dinge, die sich im Jahr 1835 in meinem Leben ereigneten, wieder in Erinnerung rief.

Stava und ich wuchsen also als Geschwister zusammen auf. Aber zwischen uns gab es immer ein besonderes Band, das sich von dem zwischen mir und meiner innig geliebten Schwester Emilie unterschied. Stava und ich hatten einander gewählt und unser Blut gemischt, wir waren zuerst wie Schwester und Bruder, danach wie zwei Brüder und schließlich Bruder und Schwester, aber immer auch etwas mehr. Als wir ungefähr sechzehn waren, wurde uns klar, was dieses Etwas war. Wir sagten unserem Vater, dass wir einander liebten und uns gern verloben würden. Vater bat uns, damit bis zu unserem achtzehnten Geburtstag zu warten, und wir gehorchten. Ein paar Jahre darauf heirateten wir und bekamen drei schöne, gesunde Kinder.

Unsere Schwester Emilie entschied sich dafür, nicht zu heiraten, genau wie sie als Elfjährige gesagt hatte. Es fehlte nicht an Anträgen von Männern, die sowohl vermögend als auch gesellschaftlich hoch angesehen waren, und viele waren zudem noch liebenswerte Persönlichkeiten. Aber keiner der Freier bestand Emilies Test: Sie sollten versprechen, ihr volle Freiheit zu gewähren, um zu studieren und zu arbeiten und sich frei zu bewegen, genau wie es jedem Mann unserer Gesellschaftsklasse mit größter Selbstverständlichkeit zusteht. Da unsere fortschrittsfreundliche Zeit die Ungerechtigkeit abgeschafft hat, die im Erbrecht zwischen Söhnen und Töchtern bestand, erbte Emilie nach dem Tod unseres Vaters die Hälfte seines Besitzes. Mit einem Teil des Erbes erwarb sie eine Wohnung in Stockholm, wo sie sich im Winterhalbjahr aufhält, um mit einigen der großen Dichter und Denker unserer Zeit zu verkehren. Sie schreibt selbst Gedichte und Dramen und hat schon die Aufführung einiger der Letzteren erlebt, unter anderem durch die Ljungbergsche Theaterkompanie.

Angelique, oder besser gesagt Anna-Maria Ljungberg, heiratete einige Jahre später ihren geliebten Kristoffer. Als Theaterdirektor Ljungberg ungefähr zehn Jahre später verstarb, übernahmen Anna-Maria und Kristoffer die Leitung der Kompanie und behielten den Ljungbergschen Namen bei. Jedes Jahr geben sie ein Gastspiel im Theater unserer Stadt, das nach dem Brand im Jahr 1835 viel größer und schöner wieder aufgebaut wurde. Dabei habe ich dann Gelegenheit, diejenige, die ich einst als meinen Engel bezeichnete, auf der Bühne wiederzusehen. Aber inzwischen spielt sie die reiferen Frauenrollen, die zu jener Zeit von ihrer Mutter gestaltet wurden. Die jugendlichen Heldinnen spielt heutzutage Helena, die Tochter von Anna-Maria und Kristoffer, und während des Aufenthalts der Theatertruppe im vergangenen Frühjahr hatte ich das Vergnügen, diese begabte Schauspielerin in der Rolle der Rosalind in dem Stück *Wie es euch gefällt* von dem englischen Dichter Shakespeare zu sehen: eine junge Frau, die sich als Mann verkleidet – eine der Rollen, die Helenas ebenso begabte Mutter zu gern gespielt hätte, was aber deren konservativer Vater zu verhindern gewusst hatte.

Ich brauche wohl kaum zu erwähnen, dass immer, wenn die Ljungbergsche Kompanie in der Stadt ist, nicht nur Anna-Maria, Kristoffer und Helena, sondern auch die übrigen Schauspieler und Schauspielerinnen unsere Gäste hier auf Solberga sind und unseren ländlichen Alltag beleben.

Das Wichtigste bleibt noch zu berichten. Seit Stava und ich so unerwartet von der untersten Stufe der Gesellschaft an deren Spitze gehoben worden waren, und seit unser Vater und Emilie erfahren hatten, wie wir den größten Teil unserer Kindheit verbracht hatten, war uns allen klar, dass wir etwas tun mussten, um das Leben für wenn nicht alle, so wenigstens einige der Kinder zu verbessern, die immer noch so leben mussten wie wir damals. Unser Vater, der ein guter Mensch war, aber doch noch den Denkweisen verhaftet, die seine Jugend geprägt hatten, zog es vor, große Summen für wohltätige Zwecke zu spenden, unter anderem jenem Waisenhaus, wo ich zehn Jahre verbracht hatte, aber ob dieses Geld den Kindern wirklich zugute kam, ist schwer zu sagen.

Als unser Vater starb und Stava, Emilie und ich über das Erbe verfügen konnten, beschlossen wir, auf eine andere Art vorzugehen. In einem neu errichteten Gebäude auf dem Gelände von Solberga gründeten wir eine Internatsschule. Dort sind alle Kinder der Stadt und der näheren Umgebung willkommen, die ein Zuhause brauchen: elternlose oder verlassene Kinder, die sonst im Waisenhaus gelandet wären, arme Kinder, die sich notgedrungen für ihr täglich Brot in den Fabriken abrackern mussten. Wir geben ihnen Unterkunft, nicht in großen Schlafsälen, sondern in freundlicheren Räumen, sie bekommen gutes, nahrhaftes Essen und, das Wichtigste von allem, eine Ausbildung, ganz gleich, ob Junge oder Mädchen. Jeder darf lesen, schreiben und

rechnen lernen, und jeder erhält die Möglichkeit, ein Handwerk oder einen anderen Beruf zu erlernen, der den zukünftigen Lebensunterhalt sichert.
Natürlich wissen wir, meine Frau, meine Schwester und ich, dass das, was wir damit ausrichten, nur ein Tropfen in einem riesigen Meer ist. Ringsum in unserem Land und jenseits seiner Grenzen gibt es Tausende, ja, Millionen von Kindern, die Fürsorge und Hilfe brauchen. Dennoch beobachte ich mit Freude, wie »unsere« neunzig Kinder wachsen und sich entwickeln, und zwar mit derselben Freude, die mich beim Betrachten der drei erfüllt, die im engeren Sinn unsere eigenen, Stavas und meine, sind. Und vielleicht kann das Kinderinternat Solberga andere Mitglieder unserer Gesellschaftsklasse zu ähnlichen Einsätzen inspirieren, während wir darauf warten, dass eine Zeit kommt, in der, mit den Worten meiner innig geliebten Gattin, die Gesetze und die Religion nicht mehr den Besitz der Reichen vor den Armen schützen, sondern alle Menschen denselben Wert haben und dasselbe Recht auf ein gutes Leben.
Ich merke, dass ich etwas hochtrabend werde. Im Unterschied zu meiner literarisch begabten Schwester bin ich es nicht gewohnt, mich schriftlich auszudrücken. Aber, wie ich schon erwähnt habe, der zu frühe Tod meines Cousins, der genauso gewaltsam und sinnlos war wie der seines Vaters, und mein eigener bevorstehender vierzigster Geburtstag haben mich veranlasst, zur Feder zu

greifen, um die Ereignisse niederzuschreiben, die mich geformt und mich zu dem gemacht haben, der ich heute bin. Die Erinnerung an meine Jahre im Waisenhaus erfüllt mich immer noch mit Schmerz, aber dennoch möchte ich nicht ohne die Erfahrungen sein, die es mir ermöglicht haben, das Leid meiner Mitmenschen zu sehen und es lindern zu wollen. Damit ich diese Zeit nicht vergesse, habe ich die Mütze aufbewahrt, die wir, Stava und ich, vor vielen Jahren in einer Nacht aus einem Baum vor dem Waisenhaus herunterholten. Und in meiner linken Schreibtischschublade liegen, in das schwarze Seidentuch gewickelt, die Karten, die Mamsell Henriksson mir vermacht hat. Hin und wieder hole ich sie hervor und lasse mich durch ihre Bilder an die wechselhaften Geschicke der Menschen erinnern.

Jene Wochen im Frühling und Frühsommer 1835, als ich meine Rolle als Mädchen spielte – diese Wochen sind und bleiben die wesentlichsten meines Lebens.

Solberga, den 18. Februar 1864
Johan Sebastian Ankarstjerna Herbst

ÜBER DIE AUTORIN

Annika Thor, geboren 1950 in Göteborg, ist gelernte Bibliothekarin und machte sich als Film- und Fernsehkritikerin einen Namen, bevor sie zum Schreiben kam. Seit 20 Jahren verfasst sie Drehbücher und Theaterstücke, meist für Kinder und Jugendliche. Für *Eine Insel im Meer* erhielt sie den deutschen Jugendliteraturpreis. Sie erhielt außerdem den August-Preis, die Nils-Holgersson-Plakette, den Astrid-Lindgren-Preis und die Elsa-Beskow-Plakette.